눈물의 무게

눈물의 무게

신미선 수필집

도서출판 북인

책을 펴내며

오랜 습관 하나쯤 곁에 두고

바람에 흔들리는 벚나무 가지가 봄을 서두르던 몇 해 전
하루가 열흘처럼 길던 그 어느 날에
스치듯 우연히 수필교실을 알게 되었습니다.
지금도 그날의 첫 마음을 기억합니다.
퇴근하고 십 분 정도를 걸어 수필교실을 찾아가는 동안
꽃샘추위가 손등에서 얼굴로, 다시 머리를 지나 마음속까지
오르락내리락 스며들던 삼월의 쌀쌀한 저녁이었습니다.
강의실 앞에 도착해 한 걸음만을 남겨두고는 잠시 머뭇거렸습니다.
지금 이 문을 열 것인가, 뒤로 돌아나올 것인가.
가슴이 콩닥콩닥 널뛰기를 시작했습니다.
무언가 새로운 것을 시작하기 전
찰나적으로 지나가는 갈등이었습니다.
결국은 문을 열고 안으로 들어섰습니다.
그리고 지금은

소소한 이야기를 소재로 글 쓰는 사람이 되었습니다.

매월 월급날이 되면 인터넷 서점에서 좋아하는 책을 사고,

신문사에 기고할 글 한 편을 쓰기 위해

한 줄 한 줄 문장마다 공을 들이며

하루쯤은 밤을 낮처럼 하얗게 새벽을 맞는 삶이 참 좋습니다.

그렇게 아무리 시간이 흘러도

오랜 습관 하나쯤은 여전히 곁에 두고 싶습니다.

어린 시절부터 독서의 기쁨과 습작의 즐거움을 알려주신 아버지,

시간과 공간을 넘나들며 아름다운 감성을 많이 심어주신 엄마,

그리고,

꽁꽁 덮어두었던 심연의 온갖 감정들을 수필이라는 촉매로 터트려

보듬고 치유하며 정돈된 삶의 한 걸음을 나아가도록 길을 열어주신

존경하는 은사님!

감사합니다. 그리고 사랑합니다.

2022년 9월

여름과 가을의 경계선에서 신미선

차례

제4부 눈물 짓지 않는

제5부 시간의 문 앞에서

제1부
벚꽃이 지기 전에

딱 두 달

팔팔 끓는 물에 굵은소금을 넣고 시금치를 데친다. 나무젓가락을 이용해 이리저리 뒤집기를 반복하다 아차 싶어 얼른 불을 끄고 찬물에 헹궈낸다. 그러곤 멍하니 몇 분을 부동자세로 나는 서 있다.

동부와 서리태를 적당히 섞은 잡곡밥에 방금 무친 시금치나물을 상 위에 올린다. 모처럼 온 가족이 함께 늦은 아침을 먹는다. 남편은 시금치가 너무 삶아졌다며 타박이고 아들은 하얀 쌀밥이 먹고 싶다고 투정이다. 두 남자의 불평을 듣다가 나는 또 왠지 모를 감정에 한동안 수저를 들 수 없다. 그리고 생각한다. 어느 순간 무의식적으로 손을 놔버리는 이 멍멍함은 무엇일까. 가슴 저 밑바닥으로부터 끝없이 차오르는 알 수 없는 울컥함은 대체 언제부터 시작된 것일까.

결국, 아버님을 요양원으로 모셨다. 몇 년 전부터 지인이 머물고 있다는 요양원을 본인 스스로 찾아내셨단다. 더는 자식들의 짐이 되고 싶지 않다는 단호함을 덧붙였다. 그러고 보니 아들 내외 출근하고 난 텅 빈 집안에서 종일 홀로 감당했을 시간이 길었을 법도 하다. 때로 당신의 기억이 모래알처럼 흩어져 어제와 오늘을 혼동하시는 일 또한 그냥 간과할 수만은 없는 노릇이었다. 무엇보다 첫날의 위풍당당했던 모습이 점차 눈치와 침묵으로 변하기 시작했다는 것을 어느새 남편도 나도 느끼고 있었다. 고심 끝에 우리 내외는 아버님의 결정에 따르기로 했다.

당신은 느리지만 바른 걸음을 유지하려 애쓰며 직접 요양원 문을 두드렸다. 오실 때 가져온 단출한 가방 하나와 늘 외투 주머니 안쪽 깊숙이 품고 다니는 묵주 하나가 손에 든 짐의 전부였다. 입소 절차를 마치고 돌아서는 길 '나는 괜찮다' 하시며 웃는 왜소한 어깨가 우리 내외의 걸음을 머뭇거리게 했다. 쉬지 않고 쏟아지는 함박눈이 낯선 삼월 이른 봄날이었다. 돌아오는 차 안에서 눈물을 훔쳤다. 차창 유리를 스치고 날아가는 눈발만큼이나 함께했던 날들이 뒤늦게 아쉬운 회한의 눈물이었다.

지난 겨울 어머님이 허리를 다쳐 서너 달 입원 치료를 받아야 했다. 치료를 끝낸 후에도 예전과 같은 활동성에는 제한을 두어야 한다는 의사의 한마디가 가족 모두의 삶을 흔들었다. 육십여 년째 빼놓지 않고 다녔다는 두 분의 새벽 미사를 비롯해 일상의 대부분을 함께하셨던 각별함이 있었기에 아버님의 상심 또한 이만저만이 아니었다.

나의 생활에도 지각변동이 일었다. 우선 어머님이 병원에 입원해 계시는 동안 홀로 계신 아버님을 우리 집으로 모셔왔다. 당연한 일임을 머릿속은 알고 있는데 가슴속으로는 한겨울 폭풍우가 휘몰아쳤다. 적지 않은 중압감이 몰려왔다. 가끔 가벼운 식사와 차를 대접한 적은 있었지만, 오롯이 한집에서 함께 생활해본 적은 단 한번도 없었기 때문이다.

아버님은 아주 작은 물건 하나라도 제자리에 있어야 편안함을 느끼는 분이셨다. 늘 몸에 딱 맞는 반듯한 옷차림을 해야만 외출을 하셨기에 어머님은 평생 손에서 다림질을 놓지 않고 오랜 당뇨와 고혈압을 걱정해 음식에도 많은 신경을 쓰셨다. 항상 서너 가지 이상의 곡물을 섞은 따뜻한 밥에 맑은국과 푹 삶아 다지는 심심한 나물반찬을 즐겨 올렸다. 끼니 때마다 다른 찬을 소담스럽게 담아 깔끔하고 정갈한 밥상을 차려내던 어머님의 정성은 내가 배워야 할 최소한의 덕목이었지만 이제는 엄청난 부담감으로 작용했다.

어른을 모신다는 것은 하루 삼시세끼 따뜻한 밥상을 차려낸다는 것이었다. 그날부터 나는 근무 중 점심시간 동안 잠깐씩 짬을 내어 집을 오가며 고군분투했다. 매일 저녁 퇴근 후 대충 아침에 먹고 남은 음식으로 저녁을 해결하고 설거지며 청소도 생각나면 쓸고 닦곤 하던 습관도 당장 고쳐야 했다. 거실 바닥에 툭 던져두고 아무 때나 손을 뻗어 읽곤 하던 책들과의 자유스러웠던 저녁이 꿈처럼 아득했다. 정신없이 바쁘게 일주일을 보내고 보너스처럼 받아내던 주말의 휴식도 잊었다. 하루하루 일상의 중심을 아버님에게 맞추는 시간은 참 길면서도 버거웠다.

그렇게 하루가 가고 일주일이 지나고 또 한 달이 흘러갔다. 그런데 이상한 일이 일어났다. 어느 날부터인가 불편했던 날들이 점차 익숙함으로 바뀌기 시작했다. 그것은 바로 저녁을 먹고 나면 늘 차를 마시며 나누는 길지 않은 담소가 아버님과 나 사이에 훈풍의 다리를 놓아준 덕이었다. 처음에는 무미건조한 화답으로 건성건성 흘려버리곤 했던 이야기들이 어느새 내 귀를 지나 마음속으로 들어앉기 시작했다. 집이 가난해 열세 살부터 물지게를 졌다는 이야기, 친구 보증 서준 일이 잘못돼 전 재산을 잃고도 처자식 때문에 다시 털고 일어섰다는 이야기, 금지옥엽 키워낸 딸이 첫애를 낳다가 죽어 하늘로 보낸 가슴 아픈 이야기, 나이가 들어서는 낚시에 취미가 생겨 주말이면 늘 강가 어딘가에서 세월을 낚았다던 이야기까지 고단했을 당신의 긴 생에 처음으로 마음을 열었다.

나는 다시 예전의 일상으로 돌아와 있다. 아버님이 떠난 거실 바닥 여기저기에 한가득 책들을 던져둔다. 아들과 함께 밥 대신 짜장면을 시켜 한 끼를 해결하고 집 안 청소도 잠시 뒤로 미룬다. 그동안 누리지 못한 자유로움을 한껏 즐겨보리라 마음먹는다. 하지만 어느새 책들을 가지런히 제자리에 앉히고 습관처럼 잡곡밥에 시금치나물을 푹 삶아 다지고 있는 나를 발견한다.

집안 곳곳에 아버님의 흔적이 남아 있다. 매일 아침 출근하는 등 뒤로 조심해서 잘 다녀오라는 인사말이 생생하다. 따뜻한 말 한마디였다. 몇 번 다녔던 동네 이발소 앞에서 발길을 멈추고 한참을 멍하니 서 있기도 하고 늘 같은 자리를 지키는 난蘭 화분에도 마음이 쓰인다. 아버님이 유독 아꼈던 화초였다. 온종일 홀로 앉아 마른 수건으로 잎을 닦아주고 햇살이 비치는 방향을 향해 위치를 바꿔주며 말을 걸었다는 이야기를 하실 땐 당신의 외로움이 얼마나 깊었을지 가늠조차 어렵다. 사소한 것들이 많은 것을 생각나게 하는 짧은 두 달이었다.

늙어가는 부모님에 대한 연민이 없는 자식은 부모를 쓸쓸하게 한다고 했던가. 주말마다 잡곡밥에 나물 반찬을 준비해 요양원을 방문한다. 짧은 한나절의 말동무지만 아버님께서 우리 내외를 기다릴 것만 같아 걸음을 재촉한다. 앙상한 나뭇가지 사이로 하루가 다르게 화창한 봄이 내려앉고 있다. 당신의 이 봄날이 더디 흘렀으면 좋으련만.

엄마 노릇

멀리서 친구가 찾아왔다. 학과 동기로 만나 서로 학창시절의 뼈대에 속속들이 살을 붙여준 친구다. 졸업 후 사회인이 되고 각자 가정을 꾸리면서 예전만큼의 만남은 없다. 가끔 전화로 서로의 안부를 물을 때에도, '희소식이려고 무소식이겠지'로 긴 시간 무덤덤할 때도 있다. 하지만 우리는 여전히 강산이 세 번이나 바뀐 세월을 함께하고 있다.

오랜만에 둘이 찻집에 앉아 커피와 수다로 시간을 잊는다. 창밖 길 건너 넓은 공원으로 어느새 봄의 기운이 한결 가깝게 내려앉았다. 작은 연못을 가로질러 빙 둘러싼 잔디밭에는 푸릇푸릇 초록의 새 생명이 고개를 내밀고 아이와 함께 산책나온 젊은 새댁의 옷차림이 벚꽃처럼 화사하다.

사실은 아침나절 남편과 투닥투닥 별일도 아닌 일로 한바탕 할 말, 못할 말 하다가 급기야 집을 나오고 말았단다. 막상 나오긴 했는데 마땅히 갈 곳도 없고 무작정 차를 타고 보니 내가 사는 이곳을 지나치길래 서슴없이 내렸다고 한다. 내가 집에 없었으면 어찌했을까 싶지만, 앞뒤 생각않고 대책 없이 일부터 내면서도 그 찰나에 나를 생각했다니…. 나는 봄처럼 와준 이 친구가 그저 반가울 따름이다.

그녀는 결혼 후 서너 번의 유산을 겪은 뒤 오래도록 아이가 생기지 않아 마음고생을 참 많이 했다. 나중에는 다니던 직장도 그만두고 전문병원은 물론 전국 방방곡곡 유명하다는 점집 등 민간신앙에까지 본인을 의지하기도 했다. 긴 시간 아이에 대한 간절함과 집념만큼이나 몸도 마음도 많이 상한 듯 보여 나는 늘 그녀가 안타까웠다. 그리고 어느 날 친구는 멀리 이사 간다는 연락을 마지막으로, 몇 년 후에는 한적한 시골 마을에 어린이집을 지었다는 소식을 보내왔다.

그즈음 내게는 둘째 아이가 생겼다. 금쪽같은 보물이었다. 첫 아이를 낳고 둘째가 생기지 않아 조바심내던 때가 있었는데 선물처럼 내게로 와주었다. 내 삶의 안식 뒤로 가끔 그녀를 떠올렸다. 하는 일은 잘 되는지, 건강은 괜찮은지, 아이는 생겼는지….

그해 겨울 출산일이 아직 넉 달이나 남았는데 어느 한날 아랫배의 묵직한 통증이 좀체 가라앉질 않았다. 의사는 조산기가 있다며 당장 입원을 권유했다. 오전 시간임에도 하얀 가운에 검고 굵은 안경테 너머로 피곤함이 뚝뚝 묻어나는 의사의 얼굴엔 아무런 표정이 없었다. '괜찮다'라는 따뜻한 말 한마디를 기대했건만 진찰 시간은 참 짧기도 했다. 생각지도 않은 입원 절차가 이루어지는 동안 밤새 태운 애가 눈물로 흘러내렸다.

끝내 유산을 하고 집으로 돌아오는 길, 하늘에선 눈이 내리고 있었다. 쌓이지 않고 찬바람에 훨훨 날아가버리는 눈송이가 흡사 내 아이 같았다. 여섯 달을 품에 안고 있었는데 흔적도 없이 사라진 허망함에 속수무책 무너져내렸다. 일상에서 손을 놓아버렸다. 생애 처음 수면제에 의지해 잠을 청하는 날이 잦아졌다. 아프고 긴 겨울이 이어졌다.

나의 친구가 생각났다. 모두가 잠든 고요한 밤에 전화를 걸고, 넋두리를 늘어놓고, 울먹이는 그녀의 목소리를 듣는 날이면 그날은 바로 그녀가 병원을 다녀왔고, 의사로부터 모진 진단을 받은 날이었다. 처음에는 '많이 아팠겠구나!' 마음을 다해 위로하던 나도 한 해 두 해 걸려오는 전화 횟수가 늘어날수록 건성으로 응답하던 때가 있었다. 내가 겪고 있는 고통 이상으로 그녀가 보냈을 지난 시간은 얼마나 깊고 절망적이었을까.

무작정 친구가 사는 곳을 향해 길을 나섰다. 봄이 무르익어 여름으로 접어드는 푸른 날이었다. 사방이 고요한 마을 한구석에 그녀의 일터가 있었다. 초록 잔디와 꽃이 아담한 마당이 있는 작은 어린이집이었다. 햇살 가득한 마당 놀이터에서 올망졸망 아이들과 눈을 맞추며 놀고 있는 그녀가 환하게 웃고 있었다. 예전의 간절함과 조급함은 모두 사라지고 자신만의 속도를 가진 삶을 일구어가고 있는 듯 안정돼 보였다. 반갑게 그녀가 나를 안아주었다. 말 한마디 없는 짧고 담백한 포옹이었다. 그리고 친구는 모든 걸 내려놓고 돌아보니 엄마 노릇 할 기회는 여러 곳에 있더라는 말과 함께 이젠 편안해졌고 앞으로도 행복할 것 같단다.

친구도 나도 아이에 대한 간절함이 온전히 치유되었는지는 알 수 없다. 하지만 나는 이제 수면제 없이도 잠을 잔다. 친구가 그러하듯 나 역시 엄마의 손길이 그리운 아이들에게 필요한 사람이 되려고 노력한다. 이른 아침 줄지어 교실 문을 들어서는 아이들의 손을 일일이 잡아주고 이들의 소소한 이야기에 귀 기울여준다. 퇴근 시간까지 미처 데리러오지 못하는 아이의 부모에게는 기꺼이 내 시간을 내어주며 엄마 노릇을 한다. 그리고 우리는 여전히 서로에게 무심한 듯 살면서도 누구보다 각자의 삶을 응원하고 있다.

마주 앉은 사이로 수많은 세월이 지나간다. 친구가 일어선다. 저녁도 먹고 하룻밤 자고 가라며 붙잡지만 가야 한다며 뿌리친다. 할 말이 많다는 듯 그녀의 휴대폰이 아까부터 연신 몸을 흔든다. 말도 없이 그렇게 나선 아내에 대한 남편의 근심을 담은 흔들림일 것이다. 그녀 역시 언제 싸웠냐는 듯 남편의 저녁상을 고민하고 한나절 비운 집이 걱정되는 듯 돌아갈 채비를 서두른다. 차에 오르는 친구의 등 뒤로 노을이 곱다.

날마다 오월

지난 주말에는 어버이날을 맞아 고향집 친정에 다녀왔다. 아침 일찍 집 근처 화원에 들러 붉은 색과 분홍색이 잘 어우러진 카네이션 꽃바구니를 사고, 용돈도 준비했다. 하늘엔 황사와 미세먼지로 가득해 먼 산의 초록이 온통 회색빛인데 그래도 오늘 찾아뵙지 않으면 마음이 불편할 것 같아 길을 나섰다.

마치 풍경화를 걸어놓은 듯 눈을 돌리는 곳마다 그림이 되는 오월이었다. 미세먼지로 온통 뿌연 시야 속에서도 푸른 오월은 사람들을 밖으로 밖으로 내몰고 있었다. 봄꽃들이 사그라들고 그 자리에 오종종하니 열매를 맺듯 하얀 아카시꽃을 보려는 듯 불편한 날씨에도 굴하지 않고 마스크에 가벼운 옷차림으로 길을 걷는 이들이 눈에 많이 띄었다.

사회적 거리두기가 필수이니 자식들이 분산해서 저녁에는 오빠네가, 우리 내외는 점심을 함께하기로 해 전날 예약해둔 식당에서 만났다. 꽤 이름있다는 한정식집에서 가장 비싼 코스 요리를 대접하고 집으로 모셔다드리는 길에 용돈도 드렸다. 나는 자식으로서 해야 할 어버이날 행사를 올해도 이렇게 막힘없이 잘해냈으며 그 책임감으로부터 자유로워졌다. 그리고 집으로 돌아와 두 다리를 뻗었다. 그러나 그때는 알지 못했다. 부모님을 집 앞에 내려드리고 돌아나오는 동안 대문 앞에 당신의 그림자가 아주 오래오래 머물러 있었다는 것을 말이다.

집으로 돌아와, 제 할 일을 다 했다는 자세로 나는 한가로이 남은 시간을 소일했다. 커피도 마시고 책도 보면서 그렇게 오후를 채우는데 학창 시절 친하게 지내던 친구로부터 연락이 왔다. 창밖은 더없이 푸른 오월인데 갑자기 우울해서 전화를 걸었단다. 이유인즉슨 집 앞 꽃가게에 손님들이 카네이션을 사느라 분주하건만 자신은 이제 더는 꽃을 살 일이 없다는 생각에 맥이 풀려 지금껏 헤어나오지 못하고 있다는 것이다. 수화기 너머 그녀 목소리가 잠깐 파르르 떨리는 듯 울먹이고 있었다.

지난 이맘때 친구는 엄마가 돌아가시고 한동안 우울감에 시달렸다. 집안의 막내딸로서 엄마와 가장 긴 시간을 함께했고, 그래서 정도 깊었다던 친구는 오늘 같은 특별한 날에 엄마가 많이 생각났을 법도 하다. 시간이 날 때마다 엄마를 모시고 여기저기 구경을 다녔다는 얘기를 종종 들었었다. 아주 사소한 시장나들이부터 멀리 해외여행까지 두 모녀가 쌓은 추억은 가히 백과사전 몇 권을 쌓아올릴 두께였을 것이다.

이젠 오롯이 이 세상에서 고아가 되었다며 씁쓸하게 웃다가 울다가 감정을 주체하지 못하는 친구를 보며 잠시 생각이 깊어졌다. 가슴에 꽃송이 하나 덜렁 달아드리고 얼마의 용돈을 드리는 것으로 소임을 다했노라 뒤도 돌아보지 않고 집으로 내달린 오늘, 나는 무엇을 놓쳤는가. 갑자기 생각이 많아졌다.

어린 시절 어린이날이면 아버지께서는 그날만큼은 작은 심부름도 시키지 않고 다른 날보다 특별히 나를 공주로 살게 해주셨다. 엄마 역시 일기장에 한 줄 남길 만한 날로 하루를 빛나게 해주셨다. 오롯이 나의 날이었다.

해마다 돌아오는 오월의 여러 기념일. 고급 식당에서 한 끼 맛난 음식 대접하고 용돈을 드리는 것으로 책임을 다했노라 생각하는 것은 나날이 늙어가는 부모님을 더 쓸쓸하게 하는 일이다. 오늘은 괜찮아도 내일은 알 수 없는 노년의 시간, 흐르는 물처럼 돌고 돌아 자연스레 맞이하는 날들에 그저 형식이 아닌 진정한 마음을 담아야 한다.

하늘이 내려준다는 부모와 자식의 인연인데 곁에 있는 것만으로도 큰 힘이 되는 부모님과 잠깐이라도 손을 잡고 함께 걷는 걸음에 보폭을 맞춰 걷는 마음을 보여야 한다. 무릇 부모와 자식은 그렇게 서로의 울타리로 평생을 가는 존재가 아니던가.

회상

현관 입구에 들어서니 구두 한 켤레가 보이지 않았다. 오래 신어 낡긴 했어도 유리알처럼 늘 반짝반짝 윤이 나던 구두였다. 항상 어머님의 굽 낮은 갈색 단화와 함께 나란히 앉아 집안을 지키던 아버님의 검은 구두는 이제 마음으로만 기억해야 할 추억이 된 것일까.

식탁에는 서로를 보듬듯 엉겨붙은 인절미 몇 조각이 찰기를 잃은 채 식어 있었다. 한 벌의 수저만이 대접과 함께 개수대 안에서 나뒹굴고 있는 것을 보니 어머님의 아침 식사 풍경이 고스란히 눈에 들어온다. 아마도 당신은 없는 입맛에 내키지 않는 아침을 한술 뜨고, 주일미사를 위해 성당에 가셨지 싶다. 오랜 세월 함께 걷던 그 길을 오늘은 어머님 혼자 가셨으리라.

지난 달 아버님이 떠나셨다. 남빛 새벽녘 흐려지는 잔월의 그림자를 따라 홀로 먼 길을 가셨다. 아직 쌀쌀한 밤공기는 한동안 흐름을 멈추고 고요해졌다. 창밖으로 분분히 날리던 벚꽃 잎들도 어느새 당신의 긴 여정에 고운 길을 안내하듯 눈처럼 가로등 불빛 아래로 내려앉고 있었다. 이마를 가로질러 주름이 성성한 어머님은 미처 감지 못한 아버님의 눈을 쓰다듬었고, 이순耳順의 나이를 이제 갓 넘긴 딸은 식어가는 아버지의 야윈 손을 잡고 흐느꼈다. 머리칼 희끗희끗한 두 아들도 창밖을 향해 얼굴을 돌린 채 한동안 아무 말이 없었다. 저마다의 빛깔로 변형되어 눈물로 흐르는 깊은 슬픔이었다.

상喪을 치르는 사흘 동안은 내내 날이 좋았다. 가벼운 바람은 적당하니 따뜻한 봄을 실어날랐고 햇빛은 얕지도 깊지도 않은 딱 알맞은 온도로 남은 이들을 위로해주는 듯했다. 사흘 중 한 날엔 일요일도 끼어 있어서 주일미사를 마친 이들은 하나같이 아버님께로 와 고별인사를 나누었기에 빈소는 쓸쓸하지 않았다. 당신의 생전을 기억하는 이들은 손수 차를 몰아 먼 거리를 오가는 성당 지인들을 챙기셨다며 함께했던 많은 시절을 회상하셨다. 팔십여 년 긴 세월 당신의 삶을 요약해주는 한마디 한마디에 슬픔은 잠깐이었고 추억은 오래 이어졌다.

나에게도 아버님은 속 깊은 분이셨다. 육아휴직으로 집에서만 지내는 며느리를 위해 어느 한 날은 유명 맛집을 찾아 바깥바람을 쐬어주셨다. 그때는 나들이를 가자는 아버님의 뜻밖의 말씀이 왜 그리도 어려웠을까. 이런저런 핑계를 대며 그 자리를 모면하려 했던 기억이 지금까지도 죄송하다. 그래도 철없는 며느리의 행동을 아버님은 절대 나무라지 않으셨다. 부담될 것이라며 자식의 집을 오가는 것도 조심스러워했고, 가벼운 문안 전화에도 '고맙다'라는 말씀을 잊지 않으셨다.

평생 엄했던 아버지가 늘 어려웠다는 표현을 남편은 종종 했다. 이른 새벽에 일어나 학교에 가기 전 항상 책상에 앉아 책을 읽혔다는 이야기는 두고두고 잊지 못할 유년의 힘든 기억이었노라고…. 지금이야 웃으며 얘기하지만, 사업실패로 많은 것을 잃었을 때도 스스로 견디라는 한마디가 전부였다는 맏아들은 한동안 부모님과 왕래를 끊을 정도로 당시의 서운함을 토로하곤 했다. 스물두 살 어린 나이에 결혼한 어여쁜 딸에게조차 설과 추석, 부모님의 생신을 제외하고는 절대 친정나들이를 하지 못하도록 출가외인을 가르치셨단다.

자식들에게는 강하고 표현에 서툰 분이셨지만 누구보다 안사람을 챙기고 며느리를 배려하며 이웃을 돌아볼 줄 아는 아버님은 이제 자연으로 돌아가 흙과 한 몸을 이루며 영면永眠에 드셨다.

시계는 얼추 어머님이 성당에서 돌아오실 시간을 가리키고 있다. 서둘러 밖으로 마중을 나오니 때마침 승용차 한 대가 대문 앞에 멈춰서고 어머님이 내린다. 함께 성당을 오가는 지인이 오늘도 어머님을 위해 먼 길을 돌아 수고해주셨단다. 주일 아침이면 늘 들러 차에 태우고 성당까지 모시고 오간다니 아버님께서 행해 오던 이웃에 대한 오랜 친절함의 덕을 이제 어머님께서 보고 계신 듯하다.

아버님의 한 생애가 가족들의 일상 속에 흔적을 남기고 있다. 맏아들은 오랜 시간이 걸렸으나 홀로서기에 성공했다. 씀씀이가 알뜰해졌고 본인이 감당할 수 있는 무게만큼만 욕심을 낸다. 무엇보다 철없는 장남으로 살아온 지난 날을 가족들에게 미안해했다. '누구에게도 손 벌리지 마라'던 아버님의 철저한 인생관은 이제 맏이의 또 다른 자화상이 되었다. 늘 살가웠던 두 분의 삶을 보고 자라 그 심성을 그대로 물려받은 남편 역시 어느새 아버님을 참 많이 닮아 있다.

모처럼 가족들이 밥상에 둘러앉는다. 쓸쓸했던 아침 식탁은 몇 가지 음식과 가족들로 온기를 되찾았다. 어머님을 중심으로 두런두런 밥상의 화두는 오늘도 아버님이다. 당신의 구두가 치워지고 옷장의 양복이 자취를 감췄지만 생전 아끼고 돌보던 화초들이 여전히 마당에 화사하니 꽃을 피웠다. 그리고 햇빛 가득한 거실 한쪽 오래된 창가에는 오늘도 당신의 한 시절이 사진들로 웃고 있다. 시나브로 변해가지만 모든 것이 변하는 것은 아닌 듯하다.

벚꽃이 지기 전에

월요일 아침 직장동료와 함께 차 한 잔을 책상에 놓고 주거니받거니 주말 지낸 이야기가 오갔다. 그녀가 먼저 딸내미를 보러 서울을 다녀왔다며 이야기의 포문을 열었다. 가는 내내 하늘엔 구름 한 점 없이 봄볕으로 가득했고 길가엔 벚꽃이 흐드러져 눈 뗄 틈 없이 감탄사를 연발했다고 했다. 그런데 벚꽃 만발한 길을 내달리다 어느 순간 뜬금없이 눈물이 쏟아져 결국 중간에 차를 세우고 목놓아 울었단다. 한참을 울고 나서야 마음이 진정돼 다시 운전대를 잡았다며 웃는데 그 찰나 그녀의 눈가에 또 물기가 촉촉하다.

사실 그녀는 지난 겨울 친정엄마가 돌아가시고 한동안 우울해했다. 엄마와 유독 정이 깊어 시골 친정집 근처에서 직장생활을 주로 했고 꽃을 좋아해 시간이 날 때마다 함께 꽃구경을 자주 다녔다는 얘기를 들은 적이 있다. 그리고 모녀母女 관계를 넘어 함께 시간을 공유하고 추억을 나누던 친구 같던 엄마가 서너 해 노환으로 서울 병원에 입원해 계시다 돌아가셨단다. 엄마를 병원에 모셔놓고 주말마다 이 길을 내달려 오고가던 그 순간들이 떠올라 눈물이 복받쳤다고 할 때 나도 순간 울컥했다.

나는 지난 주말 남편과 함께 청주시 외곽의 가덕면으로 아버님 산소에 다녀온 이야기를 들려주었다. 음성을 출발해 증평읍 좌구산을 돌아 미원면 시골길을 내달려 추모공원으로 차를 몰았는데, 가는 내내 벚꽃이 휘날려 눈이 즐거웠노라고 했다. 청주 시내를 거치지 않아 번잡하지 않고 거리도 짧아져 시간을 줄일 수 있어 일석이조一石二鳥의 탁월한 선택이었다는 말도 덧붙였다.

정말로 추모공원을 향해 가는 굽이굽이 좌구산 자락마다 벚꽃이 절정을 이루고 있었다. 질서정연한 가로수가 아닌 길가에 아무렇게나 심어진 크고 작은 나무들이 저마다의 색으로 눈이 부셨다. 늘 그렇듯 들녘에는 봄을 맞은 농부의 손놀림이 잠들었던 밭고랑을 깨우느라 분주한데 그 뒤로 보이는 먼 산의 분홍빛 은은함이 초록을 배경으로 고요히 풍광을 더하고 있었다.

그날 나는 남편과 함께 차를 타고 가며 그가 꺼내놓은 벚꽃과 아버지와의 추억담을 들었다. 초등학교 입학 선물로 사준 새 운동화를 잃어버리고 울면서 집으로 돌아온 날, 엄마한테 혼날까 무서워 대문가에서 서성이는데 바깥일을 보고 들어오던 아버지가 연유를 묻고는 말없이 손을 잡아 장으로 향했던 기억을 그는 웃으며 이야기했다. 두 부자가 함께 걷는데 벚꽃잎이 바람에 날려 싸락눈처럼 떨어졌다는 세세한 기억까지 남편은 지금껏 유년의 그 봄날을 잊지 않았나보다. 평소 엄격하고 과묵하셔서 늘 어려웠던 아버지였는데 그날만큼은 새로 산 운동화를 신고 서로 손을 맞잡은 채 벚꽃길을 함께 걷던 기억이 이맘때면 생각난다는 것이었다.

꽃이든 식물이든 봄이 되면 저마다 본래 자기 자리를 찾아 돌아오는데 더는 만날 길 없는 누군가와 사랑했던 저들의 지난 시간, 봄이 깊어지면 그리운 기억에 눈시울 붉히는 이들을 보며 한편으로 이기적인 위로를 얻는다. 또다시 찾아온 봄을 함께 맞을 수 있는 소중한 이들이 아직도 내 옆에는 남아 있으니 감사한 일 아닌가. 벚꽃이 지기 전에 오늘도 시골 친정집 마당에서 두런두런 한적한 봄을 보낼 부모님을 모시고 나들이를 떠나야겠다. 그래서 벚꽃 흐드러진 아래에서 사진을 찍고, 맛집이라고 소문난 식당을 찾아 함께 음식을 먹으며 깊어가는 이 봄날을 기억하고 싶다.

내리추억

시골에 계신 친정엄마로부터 전화가 왔다. 날이 더워 텃밭 채소들이 모두 시들었단다. 아침저녁으로 수도꼭지에 호스를 연결해 연신 물을 뿌려도 그때뿐이라며 한숨이시다. 더위의 그림자는 장소와 대상을 가리지 않고 지난해와 별반 다름없이 올 한해도 많은 이의 달갑지 않은 화두로 남을 것 같다. 반면 반가운 소식도 있다. 여름철 단골 불청객인 모기가 눈에 띌 정도로 사라졌다니 한번만 물려도 퉁퉁 붓고 며칠은 지나야 진정의 기미를 보이던 나에게는 그나마 다행한 일이 아닐 수 없다.

유년 시절 엄마는 더위를 피해 늘 마당 평상에 저녁상을 차렸다. 텃밭에서 캔 감자를 찌고 갓 따온 옥수수를 삶고 직접 밀가루를 반죽하고 냉국수를 밀어 식구들을 불러앉혔다. 조금은 부족한 듯 조촐한 찬이었지만 가족들은 옹기종기 둘러앉아 저녁을 먹으며 저물어가는 서산의 해를 배웅했다. 그렇게 여름 한철 마당 텃밭에 조금씩 심어놓은 먹거리들이 더위 속에서 알차게 여물어가듯 자식들은 엄마의 정성 가득한 손맛에 거뜬히 더위를 이겨냈다.

저녁상이 차려지는 동안 아버지는 어둑한 마당 한 곁에 모깃불을 피웠다. 재료는 시골집 근처에서 흔하게 많이 자라는 온갖 쑥이었다. 가까운 상점에서 손쉽게 구할 수 있는 모기약이 있었지만, 가족들 인체에 해롭다는 이유를 들었다. 바짝 마른 잡풀들을 바닥에 깔고 그 위에 금방 베어온 젖은 쑥더미를 올리곤 불을 지폈다. 한껏 물기를 머금은 초록빛 쑥은 어느새 싸한 회색 연기를 뿜어내며 마당을 자욱하게 휘감았다. 그리고는 독한 모기며 온갖 벌레들을 몰아내주는 그야말로 친환경 해충퇴치제 역할을 톡톡히 해주었다.

조금은 맵기도 한 알싸한 쑥향을 감싸안은 연기에 질끈 감은 눈을 뜨게 하는 데에는 엄마의 부지런한 부채질이 있었다. 휘휘 옆으로, 위로 아래로 연신 부채를 흔들었다. 모깃불이 점점 사그라들어 가벼운 재로 남을 때까지 우리 가족은 평상에 앉아 밤하늘의 별을 세며 깊어가는 여름밤을 즐겼다. 나는 엄마의 무릎을 베고 세 살 아래 남동생은 아버지의 다리를 베개삼아 나란히 누워 두 분의 부채질에 잠이 들었던 적도 여러 번이다. 은은한 달빛을 이불 삼아 눈을 감으면 바람을 타고 전해지는 두 분의 정담情談들이 자장가처럼 편안했다. 유년의 일상을 채워준 사소한 기억들이 네모난 보자기처럼 두고두고 내 삶을 감싸안아주고 있다.

오늘도 방송에서는 더위의 기세가 당분간 계속될 것이라고 한다. 학업으로 학기 내내 타지에서 홀로서기에 고군분투하던 아이도 방학이라 집으로 내려왔다. 모처럼 아들을 위해 밀가루를 직접 반죽

해 국수를 밀고 콩을 삶아 갈아낸다. 집밥이 보약이란 옛 어른들 말씀이 생각나 이것저것 여름 별미를 챙겨 먹어본다.

낮에 잠깐 친구를 만나러 나갔던 아이가 외출에서 돌아온 후 배가 아프다며 드러눕는다. 밖에서 찬 음료를 많이 마셨단다. 나는 지난해 담가둔 매실액으로 이 녀석의 배앓이를 다스려볼 참이다. 더운 여름 자식을 위해 내 부모가 마음을 썼듯 말이다. 대大 자로 누워서도 휴대폰을 손에서 놓을 생각이 없어 뵈는 아이에게 잔소리 대신 얇은 이불로 배를 덮어주고 나의 무릎도 내어준다. 가벼운 부채질은 덤이다. 자연이 주는 시원함이 싫지 않은지 어느새 휴대폰은 던져둔 채 낮잠이 길다. 이렇게 흐르는 소소한 시간이 훗날 이 아이에게도 행복한 추억으로 남아주기를….

길 끝에서

집 근처 가까운 수정산을 향해 걷는 중이다. 적당히 가벼운 티셔츠에 발 편한 운동화를 신고 손안에 쏙 들어오는 생수 한 병을 쥐었다. 높이 393m 비교적 완만한 등산 코스가 전혀 부담스럽지 않고 둘레길도 있어 아무 생각 없이 걷고 돌아오기에 안성맞춤의 길이다.

음성에서 충주로 가는 36번국도를 가로지르는 육교를 건너는 것으로 길은 시작된다. 초록이 절정에 달하는 한여름이면 숲속은 온통 그늘이고 서늘한 기운이 절로 바깥의 더위를 잊게 한다. 서서히 등 뒤로 땀이 흐르고 적당히 숨이 차면 보폭을 늦추고 잠시 쉬어가기 위해 주변 바위께에 걸터앉는다. 이마에 흐르는 땀을 닦으며 올려다본 하늘은 오늘도 변함이 없다. 아름드리나무에 초록 잎들이 반짝반짝 빛나는 사이로 하늘 속 솜털 같은 구름이 유유자적 흐르고 있다.

지난 주 남편은 다니던 직장에 사표를 쓰고 말았다. 가끔 회식 자리에서 술이라도 거나하게 마시고 퇴근하는 날이면 혼자 주절거리

듯 내뱉곤 하던 '사표'라는 말이 결국 현실이 되고 말았다. 올해로 공직생활 삼십 년에서 두 해가 모자란 긴 시간이었다. 십여 년 가까이 가슴속 깊이 품고 다니던 사표를 쓰고 집으로 돌아오던 날 나는 그동안 수고했노라고 등을 두들겼지만 마음속에는 한겨울 폭풍우가 일었다. 오늘은 이런저런 생각들로 엉켜버린 생각을 정리하느라 산을 찾았다.

어렸을 적 엄마도 산길을 자주 오르내렸다. 생명이 움트는 봄부터 늦은 겨울까지 수시로 나를 앞세워 구불구불 산길을 걸어 절을 다니셨다. 항상 쌀 몇 되를 머리에 이고 한 손은 정수리 위 짐을, 다른 한 손으로는 내 손을 잡아주셨다. 나는 엄마가 이끄는 대로 따라 걸으며 눈에 보이는 꽃이나 나무 이름을 묻곤 했다. 도토리나무에도 여러 종류가 있고 각기 다른 이름이 있다는 것을 나는 엄마로부터 자연스레 배웠다. 철쭉과 진달래를 구분하는 법도 그때 알았다.

엄마는 가난한 종갓집 맏며느리로 한평생 고단한 세월을 사셨다. 할아버지가 오랜 병환으로 남은 생을 사시는 동안 당신께서는 하루에도 수차 빨래를 하셨다고…. 세탁기는 물론 제대로 된 수도시설도 없던 시절, 엄동설한 칼바람이 몰아치는 날에도 커다란 대야에 두꺼운 솜이불을 담아 머리에 이고 강에 나가 빨아, 다시 머리에 이고 돌아올 때면 당신의 머리 위로 고드름이 성성하게 맺혔단다. 할머니가 계셨으나 들로 산으로 나물 뜯는 일만 좋아하셨다니 집안일의 몫은 오로지 엄마 것이었으리라. 아버지 역시 무뚝뚝한 성격에 따뜻한 말 한마디 할 줄 모르셨으니 그 삶이 얼마나 퍽퍽했겠는가.

엄마는 늘 올망졸망 자식 보고 산다는 생각으로 하루를 버텼단다. 한 해 두 해 무거운 삶을 채워가신 엄마가 그나마 숨을 쉴 수 있었던 건 숲길을 걷는 순간순간이 있었기 때문이었다는 말씀을 한참 세월이 흘러서야 하셨다.

언젠가 그날은 하지夏至가 갓 지난 더운 여름날이었는데 엄마의 표현이 그랬다. 아랫마을에서 감자를 캐달라는 부탁을 받고 온종일 남의 밭일을 다녀왔더니 할아버지는 또 이불에 소변 실수를 해놓으셨고, 할머니는 뒷산에서 나물을 한 짐이나 뜯어와 마당에 펼쳐놓고는 옆집에 놀러가 계시더란다. 하필 그날 아버지는 한밤중이 되어서야 거나하게 술에 취해 들어오셔서는 밑도 끝도 없는 주사酒邪에 까만 밤을 하얗게 지새우셨단다.

다음 날 새벽녘, 누군가 내 이마에 손을 얹고 있었다. 엄마였다. 엄마가 내 옆에 앉아 머리를 쓰다듬는데 외출할 때만 입는 옷을 차려입고 눈가에 설핏 눈물도 보였다. 어린 나이에도 뭔가 이상한 것을 감지한 나는 엄마를 따라가겠다며 치맛자락을 부여잡았다. 엄마는 아직 밤이라며 내 손을 끌어 이불 속에 넣어주셨지만 나는 막무가내였다. 그때 나는 열 살이었다.

한참을 어르고 달래도 내가 막무가내니 할 수 없는 듯 엄마는 광에서 쌀 반 말을 퍼 머리에 이고는 평상시 오가던 길로 들어섰다. 그날, 나는 엄마에게 자꾸 말을 걸었고 엄마는 묵묵히 걷기만 했던 기억이 지금도 흐릿하게 남아 있다.

훗날 엄마는 그날을 이렇게 떠올리셨다. 딱! 이 집을 떠나야겠다고 마음먹고 나가려던 찰나에 내가 당신을 붙잡았단다. 세월이 지나고 내가 엄마 나이가 되어보니 이젠 어렴풋이 알 것도 같다. 온갖 복잡한 생각이 마음에 거미줄을 칠 때, 엄만 길을 걸으며 나름의 방식으로 자신을 다독였다는 것을.

영국의 박물학자 에마 미첼이 쓴 『야생의 위로』라는 책에는 이런 구절이 있다. '세상이 혼란스럽고 암담한 생각이 걷잡을 수 없이 커질 때, 나는 집에서 나무들이 있는 곳까지 걸었다.' 에마 미첼은 오랫동안 우울증을 앓았는데 그녀에게 위로가 된 것은 자연이었으며 우울한 감정이 자신의 삶을 흔들 때마다 문을 열고 숲길을 걸었다고 한다.

늘 철인처럼 강한 엄마에게도 왜 나약한 감성이 없었겠는가. 당신 스스로 쓰러질 듯 고단함이 몰려올 때마다 내 손을 잡고 산길을 걸으며 마음을 다잡았을 것이다. 당신의 눈앞에서 작고 연약한 계집아이가 어른어른, 세상 근심 없는 얼굴로 웃으며 종알대니 '자식 때문에 살아야겠다' 하셨을 것이다.

그 시절 엄마가 그러했듯 머릿속에 온갖 잡다한 생각들이 실타래처럼 엉킬 때면 홀로 숲길을 걷는다. 남편의 결단 앞에서 나는 그동안 가족들 부양하느라 애썼다고 등을 토닥여주면서도 한쪽에선 조금만 더 참아주었으면 하는 서운함이 앞섰다. 마음이 한여름 태풍을 만난 듯 심산하다. 그러나 삶이 고단하고 앞이 보이지 않을 때 엄마가 숲길 어딘가에 서 있었듯 나 역시 지금 이 길 위에서 마음을 가다듬는다. 걷고 또 걸으며 머릿속에 쳐진 상념의 거미줄을 걷어

내다보면 어느 순간 길이 보이겠지. 어떤 무게에 짓눌리더라도 잠깐 고개 들어 길 끝을 바라보면 미소 짓게 되는 게 삶 아닌가.

끈

벽에 걸린 달력이 흔들리고 있다. 저녁을 먹고 난 후 환기를 위해 열어놓은 창문으로 들어오는 바람 탓이다. 사시사철 온갖 희로애락을 담아 무거울 법도 하련만 달력은 들어오는 바람에 제 몸 하나를 지켜내지 못하고 있다. 아슬아슬 떨어질 듯 펄럭이는 소리가 구원의 아우성으로 들린다. 서둘러 창문을 닫고 보니 달력은 언제 그랬냐는 듯 얌전히 자신의 자리를 지키며 조용해졌다. 12월이란 큰 숫자가 올해도 얼마 남지 않았음을 일러준다.

그러고 보니 며칠 후면 결혼기념일이다. 부부란 전생에 팔천 겁의 인연이 있어야 만나는 것이라고 했던가. 뜨거운 한여름의 불 같은 여자와 한없이 고요하기만 겨울 같은 남자가 만나 어느새 스무 해를 나란히 함께했다. 한 해 두 해 인생이란 거친 바다에 온갖 풍랑을 만나 흔들리고 부딪치며 그도 나도 사계절을 고루 닮아 두루뭉술해졌다.

나무와 흙을 좋아한 남편은 학부에서 건축을 전공했다. 그래서일까 처음 만난 날 그는 넓은 초록 들판에 그림 같은 집을 지어보는 게 꿈이라고 했다. 거실에는 한쪽 벽면 가득 창을 내어 세상의 햇살을 모두 받아들이도록 설계를 하고 해가 뜨고 지는 풍경을 함께 바라보면 좋겠다는 말에 나는 속수무책 그의 청혼을 받아들였다. 그리고 그것은 그가 내게 보여준 가장 달콤한 처음이자 마지막 가슴 설레는 한마디였다.

남편은 늘 개미처럼 일만 했다. 이른 아침에 출근하고 저녁이 훨씬 지나 한밤중이 되어서야 하얀 달빛을 밟고 퇴근을 했다. 얼굴을 보고 대화를 나누는 시간은 아침상을 차려놓고 마주 앉는 십 분 정도가 전부였다. 양가 부모님의 생신이나 조부모님의 기일 등 온갖 집안 대소사를 챙기는 것은 늘 나 혼자였다. 그는 또 일주일의 절반 가까운 시간을 직장 동료들과 마시는 술잔 속에 쏟아부었다. 나의 자부심 가득한 해장국 끓이는 솜씨는 그야말로 남편의 공이 크다.

아이가 태어나고 나는 전보다 더 많은 종종걸음으로 바빠졌다. 아이를 놀이방에 맡기고 데려오는 것도 나의 일이었고 자전거 타는 법을 가르치는 것 역시 오롯이 내 몫이었다. 대신 남편은 밖에서 큼직큼직한 건물을 설계하고 자신의 이름을 올리며 차곡차곡 그들의 사람으로 거듭나고 있었다. 사랑에 눈멀었을 땐 온 세상이 새털처럼 가벼웠다. 그러나 차츰 그의 삶을 이해하지 못하는 나의 속마음은 날카로운 칼날이 되어 서로의 가슴에 생채기를 내며 점점 무거워졌다.

어느 날 남편이 지나가듯 말했다. 잠이 잘 오지 않는다고…. 그러고 보니 언젠가부터 그는 밥도, 잠도 예전 같지가 않았다. 하루에 한두 마디 하던 말수조차 사라졌다. 가끔 함께 술을 마시고 귀가를 책임져주던 직장 동료에게서 걱정스러운 연락이 오기도 했다. 남편에게서 미세한 무언가가 감지되고 그것은 그림자처럼 시시각각 나를 따라다녔다.

"오늘 집으로 돌아가면 우선 가장 먼저, 끈이란 끈은 모두 치우세요. 세탁소 옷걸이 같은 것도 전부 숨기고…."

의사가 내게 건넨 첫 말이었다. 나의 어깨가 흔들렸고 시야가 흐려졌다. 의사는 한 점 흐트러짐도 없이 냉정한 한마디 한마디를 이어가며 본인의 사명을 다하고 있었다.

"지금 남편분은 직장업무 스트레스가 최고점에 달해 있습니다."

병원을 다녀온 날 밤 그는 의사가 처방해준 작은 알약을 먹고 잠이 들었다. 반대로 나는 쉬이 잠을 이룰 수 없었다. 창밖으로 보이는 가로등 불빛은 여전히 제자리를 지키며 반짝이고 있건만 나의 머릿속은 엉킨 실타래처럼 길을 잃은 채 갈팡질팡 한없이 거실을 서성거렸다.

결국, 집 안에 있던 온갖 끈들을 찾아 거실 바닥에 펼쳐놓았다. 베란다 빨랫줄에 다소곳이 걸려 있는 세탁소 옷걸이부터 넥타이, 허리띠 등 찾으려 드니 운동화 끈에서부터 가방 끈까지 그 종류는 참 많기도 했다. 치운다고 치워질 물건이 아니라는 것을 깨닫기까지 그날 내가 보낸 그 하룻밤은 지금껏 살아온 날 중 가장 길고 어두운 시간이었다.

주말 아침 그를 위한 따뜻한 밥상을 차려내고 우리는 마주 앉았다. 평생 함께할 튼튼한 집을 지어주겠다던 첫 고백부터 아이가 태어나던 날 셋이 꼭 맞잡았던 손, 주머니 깊숙이 사표를 품고 다니면서도 가족을 위해 온 힘을 다해 버텼다는 남편, 함께하지 않는다고늘 긁기만 했던 나의 바가지 등…. 그동안 그가 겪었을 밖에서의 무수한 날과 안에서 혼자 이리저리 고군분투했던 나의 일상이 마치 밀물과 썰물처럼 드나들었다. 나의 눈가에 이슬이 맺혔고 그의 눈도 설핏설핏 떨렸다. 각자 힘겨웠을 서로의 시간을 되짚으며 우리는 결국 울고 말았다.

남편이 약 봉투를 모두 휴지통에 버렸다. 병원에 다닌 지 한 달 만의 일이었다. 약에 의존하는 나약한 아빠로 사는 걸 아이에게 보여주고 싶지 않다는 단호함을 덧붙였다. 나 역시 의사의 지시를 거스르기로 했다. 집안 여기저기 놓아두어도 두렵지 않을 만큼 그와 나 사이에는 치열하게 싸우고 화해하며 이어온 또 다른 끈을 믿기 때문이었다. 그것은 바로 체념하듯 원망하면서도 함께여야 비로소 빛나는 단단한 인연의 끈이었다.

남편은 천천히 그리고 조금씩 집으로 돌아오고 있다. 일도 많이 줄이고 아침 시간 자동차로 아이 등하교도 책임져준다. 어색하던 부자 사이에는 길지는 않지만, 깨알 같은 수다도 종종 목격되곤 한다. 저녁 시간이면 화려한 찬은 아니지만, 따뜻한 밥상 앞에 가족 모두가 즐거우니 더 바랄 것이 무엇인가. 일상의 중심을 놓치지 않으려 애쓰는 그가 참 고맙다. 비가 내리면 햇살이 눈부신 날도 있으리라. 어느 날에는 바람도 불고 폭풍우도 지나갈 것이다. 그러나 음식이든 사람이든 깊은 맛을 내려면 시간이 필요하듯 나는 지금 오래 걷기 위해 잠시 쉬기로 했다.

그래도 9월이다

시간은 어느새 여름을 지나 선선한 가을로 들어서는 중이다. 한낮에는 더운 기운이 살짝 남아 있긴 하지만 여름에서 비껴 있는 가을볕과 맑은 바람은 그야말로 더도 말도 덜도 아닌 딱 좋은 기운을 불러들인다. 달빛이 무르익는 밤이면 귀뚜라미 울음소리가 가을의 운치를 더하고 걸음을 걷듯 하루 한 뼘씩 달라지는 온도의 변화에 출근길에는 으레 겉옷을 챙기게 된다. 온기가 그립고 고마운 계절이 시작된 것이다.

중국 송나라의 대문장가 구양수歐陽脩의 「추성부秋聲賦」에는 이런 구절이 나온다. 밤이 깊어 사위가 고요한 어느 늦은 밤, 시간 가는 줄 모르고 글을 읽고 있는데 어디선가 쌀 씻는 소리가 들려왔다. 밖을 살피고 온 동자가 들어와 고하기를 "달이 밝고 은하수는 선명하오나, 사람이라곤 자취도 없나이다. 소리는 다만 숲속에 있을 뿐입니다" 했다. 구양수는 "어허! 이것이 가을의 소리라고 하는 것이구나" 탄식했다. 그리고 이로써 가을을 가리켜 형관刑官의 계절이라고 불렀단다.

바람 소리, 풀벌레 소리. 가을은 그렇게 소리를 안고 온다.

가을의 색깔이 절정에 달한 주말 오후, 여름내 끼고 살았던 물건들을 정리했다. 무더웠던 여름을 잠시나마 잊게 해준 선풍기를 해체해 깨끗이 닦아 창고로 들여보내고 에어컨 코드를 뺀 후 덮개를 씌워 다시 내년을 약속하며 긴 휴식의 시간을 주었다. 겨울이 오면 김장을 하기 위해 며칠 전 지인으로부터 공수해둔 말린 고추를 다듬고, 창가에는 아늑하게 커튼을 달았다.

지난 주에는 집에서 시어머니 생신상을 차렸다. 코로나의 영향으로 밖에서 모임을 하기엔 불안 요소가 많아 선택한 최선의 상차림이었다. 전날부터 집안 대청소를 하고 장을 보고 미역을 물에 담갔다. 잔칫상의 필수라고 하는 갈비찜부터 잡채까지 서툰 솜씨나마 정성을 다해 신경을 썼다. 평소 어머님께서 즐겨 드시던 나물 반찬부터 고기를 재우고 채소를 다듬느라 밤 늦게까지 앞치마를 벗지 못했다. 초저녁잠이 많아 저녁상을 물리면 책장 몇 페이지를 넘기기 무섭게 잠이 들곤 했는데 그날은 밤 늦게까지 이리저리 부산하니 주방에는 얼씬도 안 하는 남편과 아들까지 나와서 일손을 보탰다. 오랜만의 합심이었다.

본래 어머님께서는 집안에서 잔치음식 하는 것을 그리 좋아하지 않으셨다. 당신께서 평생 그리 사셨기에 귀한 남의 자식 데려다가 똑같은 굴레에 넣기 싫다며 늘 생신이나 집안 행사 때엔 외식으로 분위기를 몰았다. 그때마다 나는 죄송하면서도 깊은 배려가 더없이 감사했었다.

어머님께서는 당신의 여든다섯 번째 생신을 그렇게 맞이했다. 직장 다니기도 바쁜데 음식 장만하느라 고생 많았다며 손을 잡아주시는데 순간 코끝이 시큰했다. 음식 솜씨가 그리 빼어나지 못해 훌륭한 상차림은 아니었지만 맛있게 잘 먹었다는 한마디로 나를 춤추게도 하셨다. 코로나 여파는 때론 이렇게 가족을 하나로 묶는 융합의 힘도 가졌다. 온 가족이 함께 상을 차리고 음식을 나누는 속에서 가족애는 꽃처럼 피어난다.

계절의 변화가 더없이 어려운 지난 시간이었다. 긴 장마와 모진 태풍을 견뎌야 했고 이제나저제나 끝날까 참고 기다리며 마스크를 벗지 못한 지난 여름이었다. 출근길 엘리베이터 안에서 만나는 사람들과 최대한 거리를 유지하고 찻집에 앉아 여유롭게 차 한 잔 마시는 것도 조심스러웠다. 가족끼리 여행 한번 가지 못하고 직장과 집 사이를 다람쥐 쳇바퀴 돌 듯 조심조심 오고 가기만 했다.

그래도 9월이다. 오래 전 어느 가수가 불렀던 노래처럼 그래도 9월이다. 감염병과 온갖 자연재해에도 끝내 맞이한 9월. 맑은 바람이 불어 온도와 습도를 몰아내 더없이 가볍고 산뜻한 날로 가득한 가을이다. 들녘의 열매들은 하루하루 익어 어느 농부의 땀방울에 답장을 시작하는 시간이며 가을의 전령사 코스모스도 길가에서 유유자적 가을을 알리고 있다. 저마다의 일상이 높고 맑고 파란 하늘처럼 빛나는 9월이기를….

옷 한 벌

소나무 숲 사이로 풍경 소리 낭랑하다. 눈부신 햇살은 처마 밑 마당에 긴 그림자를 내리고 법당을 오르는 댓돌 위 하얀 고무신이 가지런하다. 낡은 구두 몇 켤레도, 화려한 원색 운동화도 함께 나란히 가을볕을 쬐고 있는 한낮. 극락왕생을 비는 스님의 목탁 소리가 법당 안을 가득 메운 가운데 큰집 시어머님을 보내는 마지막 제祭가 조용히 시작되고 있다.

자식들은 어미의 고단했던 영혼을 이 절에 모시기로 했단다. 그러고 보니 산사가 아담하고 사방이 고요해 깊은 잠을 주무실 법도 하다. 살아생전 거친 세상 속에서 흔들릴 때마다 들러 불공을 드렸다는 큰어머님. 해마다 사월이 되면 몇 날 며칠을 암자에 기거하시며 연등을 만들었다. 그리고 초파일에는 절을 찾는 이들에게 일일이 비빔밥을 손수 내어주셨다.

평소 지인들에게도 '이승에서의 오욕칠정五慾七情을 모두 이 절에서 풀었으니 저승에서의 삶 역시 이곳에서 쉬어야겠다' 하셨단다.

겨울 한철을 빼고는 나머지 계절 내내 오가는 길목마다 꽃과 나무가 풍성해 눈이 즐거웠다는 당신의 평소 사담私談이 주마등처럼 지나간다. 겨우 스물아홉 젊은 나이에 남편을 먼저 보내고 홀로 밤을 낮처럼 자식 셋을 키우셨다는 큰어머님의 삶을 더듬어본다.

평생이 매서운 겨울 같았다던 세월에 휠 줄 모르던 허리는 땅을 향해 굽어졌고 풍성했던 머리칼에는 하얗게 눈이 내렸다. 그리고 나이가 들수록 사람은 버리며 살아야 한다지만 당신에게는 한해 한해 더부살이 물건들이 하나둘씩 얹혔다. 틀니를 하고 보청기를 끼우고 몸을 지탱하기 위한 지팡이가 가벼운 외출에도 그림자처럼 항상 따라다녔다.

황혼기 몇 년은 요양병원에서 그날이 그날 같은 외로운 노년을 사셨다. 평생 집밖에 모르던 노인이 인생의 마지막 한 시절을 집 밖에서 홀로 보낸다는 것이 얼마나 쓸쓸한 일인지 늙어보지 않은 우리가 짐작이나 할까.

그나마 여행을 좋아하셨던 시부모님 덕분에 큰어머님은 꿈처럼 좋았던 날도 있었다며 지난 날을 회상하곤 하셨다. 따뜻한 봄날의 화려한 꽃구경에도, 길게 땋은 머리끝에 묶은 젊은 처자의 댕기보다 붉은 가을날 단풍 사진 속에도 당신은 시부모님과 함께 웃고 계셨다. 젊어서 혼자된 형수를 애달파하셨던 아버님께서도 언제나 한 식구처럼 큰어머님을 오가며 챙겼고 우리 내외도 당연한 듯 모시고 종종 바깥 나들이를 다녔다.

반쯤 열린 법당문 사이로 큰어머님의 삶을 위로하고 보내는 스님의 불경 소리가 가벼운 바람을 타고 흘러나온다. 무릎을 꿇고 두 손을 합장한 채 미동도 않는 자식들의 뒷모습도 보인다. 넓은 마당을 가로지르는 하늘에는 알록달록 연등 아래 수없이 많은 기원이 바람결에 줄지어 춤을 추고 있다.

큰어머님의 연등에는 해마다 어떤 소원이 내걸렸을까. 그것은 아마도 오래 전 친척에게 양자養子로 보낸 막내아들을 향한 그리움이었지 싶다. 넉넉지 않은 살림과 자식이 없던 친척의 간절한 부탁에 생살 같은 자식을 떼어놓는 우를 범했다며 오래도록 자책하셨다. 이른 새벽이면 어김없이 장독대에 정화수를 올리고 산사에 들러 돌탑을 쌓던 그 마음을 헤아려본다.

보낸 자식은 마음속 옹이로 남은 가장 아픈 손가락이었으리라. 자식은 불혹의 나이를 지나 어미를 찾아 돌아왔지만 함께하지 못한 세월만큼 모자의 관계는 한겨울 살얼음판을 걷는 듯 늘 위태로웠다. 거나하게 술이라도 마시고 들어오는 날이면 어김없이 어미를 향해 가슴 아픈 말들을 쏟아냈고 어미는 안으로 밖으로 노심초사 자식의 눈치를 살폈다며 어느 한 날 내게 전화를 걸어 속을 내보였다. 각자 어긋난 마음이 서로의 삶에 끝없는 생채기를 내고 있다며 우셨다. 한 시절의 상처는 시간이 지나면 저절로 잊힌다지만, 자식의 일은 두고두고 불에 덴 자국처럼 남는 게 부모 마음이라 했던가.

제祭가 마무리되고 있다. 자식들이 일어서서 마지막 인사를 하고 하나둘 밖으로 나온다. 끝내 화해하지 못한 무거운 속마음을 안은 자식만이 꼿꼿이 자리를 지키며 서 있다. 그리고 한참을 머물다 법당을 나서는 그의 눈가가 서산을 넘어서는 노을처럼 붉다. 이틀 밤을 꼬박 뜬눈으로 보낸 탓인지, 깊은 회한의 눈물 탓인지 모를 일이다. 보내고 나서야 어미 곁으로 돌아와 앉은 자식은 비로소 뒤늦은 후회를 하고 어미를 볼 수 있는 눈이 생긴 것일까.

큰어머님의 영면永眠을 뒤로 하고 절을 나선다. 길가에 떨어진 성미 급한 갈잎들을 스님 한 분이 나서 비질을 하고 있다. 차 안에서는 누가 먼저랄 것도 없이 각자 휴대폰을 들고는 다시 일상으로 들어간다. 잠깐 열어놓은 창문으로 산바람이 파고든다. '부모'라는 품을 잃은 자식들은 오래도록 휴대폰에 저장해두었던 '어머니'라는 이름을 어느 순간 삭제할 것이다. 그리고 의례적으로 일년에 한두 번 모여 기일을 챙기며 차츰차츰 잊어갈 것이다. 우리의 선대가 그러했고 부모가 그러하듯 나 또한 그럴 것이다. 그것이 삶이려니.

집으로 돌아와 입었던 옷을 정리하는데 며칠 전 버리려고 내놓은 헌 옷들 틈으로 낡은 한복 상자가 반쯤 입을 벌린 채 나를 빤히 쳐다본다. 이십여 년 전 바느질 솜씨가 일품이셨던 큰어머님께서 손수 지어준 치마저고리이다. 유행도 지나고 언제 또 입을까 싶어 치워버리려 했지만, 다시 곱게 접어놓는다. 나는 이 옷 한 벌로 오래오래 당신을 기억해볼 참이다. 곧 이 집 사람이 될 조카며느리를 위해 살포시 손을 올려 어깨 치수를 재던 그날의 따뜻했던 당신 손결이 그리워지는 달빛 고운 밤이다.

설거지 유정有情

둘렀던 앞치마가 방금 빨랫줄에서 거둬들인 양 보송보송하다. 선반 위 씻어 엎어놓은 크고 작은 그릇들은 서로에게 기대어 물기를 말리고, 둥근 수저통에는 몇 안 되는 숟가락과 젓가락이 저희끼리 한갓지다.

설거지의 양이 또 줄었다. 올해는 유독 그 정도의 깊이가 눈과 피부로 와닿는다. 한껏 여유로워진 시간을 형님과 나누는 따뜻한 차 한 잔으로 마무리한다. “명절은 그래도 어른들 모시고 고물고물 애들이랑 한 상에 둘러앉았을 때가 재미있지.” 형님이 한말씀 하고 “그러게요” 내가 응수한다. 두런두런 주고받는 이야기로 지난해와는 또 다른 고요한 명절이다.

몇 해 전만 해도 상상할 수 없는 일이었다. 앞치마가 흠뻑 젖도록 설거지를 했다. 창고에 고이 모셔둔 큰 광주리를 내와 말끔히 씻어낸 어마어마한 양의 그릇들을 포개놓곤 했는데 지난해부터는 그마저 쓸 일이 없어졌다. 콩나물시루처럼 늘 꽉 차 있던 수저통도 이제는 절반으로 줄었다. 그 빈자리를 국자며 뒤집개까지 자잘한 조리 도구들을 들여앉혀 한 식구를 만들었다. 해마다 익숙하지 않은 큰집 주방에서 반복되는 설거지로 고군분투하던 나의 명절에도 드디어 봄볕이 들려나. 안개 속을 걷듯 아득했던 명절 설거지는 이제 먼 역사의 뒤안길로 사라지고, 나는 명절 주간 해외에서 망중한을 즐기는 호사를 누리게 될는지도 모르겠다.

결혼하고 첫 명절을 큰집에서 맞이했다. 갓 시집온 나는 모든 것이 다 낯설었다. 발 디딜 틈 없는 현관 입구의 신발과 어마어마한 양의 음식 재료들, 그리고 쉴 새 없이 쏟아져 나오는 설거지더미에 겹으로 어려웠다. 다행히 큰집에는 살가운 형님이 두 분이나 계셨기에 위안이라면 위안일 수 있었다. 토끼처럼 두 귀를 쫑긋 세우고 빠른 손놀림으로 눈치껏 움직여주면 되었다. 그렇게 시작된 명절 설거지는 강산이 두 번 바뀌는 지금까지도 나의 고유 업무로 자리 잡았다.

우리 식구들을 포함해 큰집에 모여 이루는 가족 수는 대략 한 집에 네댓 명씩 스무 명을 훌쩍 넘겼다. 이 식구들이 한 상에 앉아서 밥을 먹고 나면 그야말로 설거지 그릇은 식구 머릿수에 두세 배를 더한 숫자였다. 차례를 지낸 제기부터 조리도구까지 산처럼 쌓인 그릇들을 보고 있노라면 숨이 턱 밑까지 차오르곤 했다.

그 기억을 차츰차츰 소멸시켜준 건 가장 먼저 아이들이었다. 올망졸망 도토리 키 재던 초등학생 조카들이 쑥쑥 자라 어느덧 대학생이 되고 사회로 나아갔다. 썰물처럼 빠져나간 아이들은 이제 더는 특별한 날에도 보기 어려운 가깝고도 먼 얼굴이 되었다. 시어른들도 한 분 두 분 앞서거니 뒤서거니 자연의 품으로 돌아가셨다. 집안 대소사를 건사함은 물론이요, 명절이 가까워지면 음식 준비에 신경쓰며 집안의 중심을 잡던 어른들이셨다. 해마다 차례상을 차려도 늘 실수투성이인 며느리를 채근하기보다는 다독이며 하나하나 일러주시던 가르침은 내가 배워야 할 최소한의 가치였다.

이제는 모두 모여도 채 열 명도 되지 않는 식구들이 차례를 지내고 있다. 지난 가을 큰집 작은 아주버님도 간암으로 돌아가셨고 더불어 형님도 이후 연락이 소원해졌다. 워낙 대가족이라 차례를 지내는 아침이면 어른들 틈에 서서 한껏 예를 갖추고, 차례를 지낼 때마다 어깨를 부딪치곤 하던 풍경은 이제 사진 속에서만 볼 수 있는 고전이 되었다. 명절이면 어른들 틈에 앉아 병아리 모이 먹듯 작은 입을 오물거리며 한자리를 차지하던 모습이 어제처럼 생생하다. 초록으로 번져나갈 이번 봄이 오는 때 내 아이 역시 학업을 위해 집을 떠날 것이다. 그러고 나면 우리 집 식탁에도 밥그릇과 국그릇 두 벌만이 남게 되리라.

제기에 음식을 보기 좋게 잘 올렸다며 칭찬하는 큰어머님, 내가 차려낸 음식을 맛나게 먹고 있는 아이들, 톡 쏘는 갓김치와 무를 갈아넣어 칼칼한 맛이 일품이던 만두를 종일 앉아 빚어내던 일들, 그 사이사이 책장에 끼워넣던 책갈피 같은 형님들과 주고받던 소소한 수다까지 함께했던 날들이 기억 속에 가지런하다. 이십여 년 가까이 도맡아왔던 설거지 업무가 그저 고단함만은 아니었음을 떠올리게 되는 유정有情의 순간들이다.

사회가 만들어놓은 잣대에 맞추느라 여유 없이 살고 있다는 아이들의 목소리를 이해한다. 한 세대가 가고 새로운 한 시대가 오고 있음도 받아들이고 있다. 그것이 삶이려니 하면서도 내년을 또 기다린다. 한 계절이 물러나면 또 한 계절이 찾아오듯 하나둘씩 성장하고 떠나가며 생겨난 빈자리에 우리의 아이들이 다시 돌아와 앉아주기를….

차 한 잔

베란다에 가을을 들여놓았다. 볕이 가장 잘 들고 오래 머무는 자리에 격자무늬 고운 대나무 채반을 놓고 노란 산국화를 말리고 있다. 시간이 날 때마다 들여다보고 앞뒤로 뒤집어주며 정성을 들였더니 꽃은 보란 듯이 본연의 색을 유지하며 고운 자태로 남아주었다.

이 일을 시작한 지가 언제부터였는지, 누군가로부터 비롯되었는지 지나온 길을 따라가다보면 저 멀리 강원도 어느 한적한 마을에서 농원을 운영하며 틈틈이 가을볕에 국화꽃을 널고 있던 인심 후덕한 노부부가 있다.

첫아이가 열 살이 되었을 때 둘째가 생겼다. 큰아이도 좋았는지 어느 날부터인지 동생이 태어나면 유모차를 선물로 사주겠다며 하늘색 돼지저금통에 용돈을 모으고 있었다. 그러나 더없이 길 것 같던 시절은 한 찰나로 끝나고 말았다. 이듬해 아이는 여섯 달이라는 짧은 시간을 머물다 불꽃처럼 사라졌다.

이듬해 봄부터 가을까지 많은 것들을 손에서 놓아버렸다. 먹는 일, 잠자는 일, 집안일 등 일상은 버려둔 채 멍하니 몇 시간을 한자리에 앉아 있기 일쑤였다. 어느 날은 베란다 창을 활짝 열어놓고 밖을 내다보며 위험한 생각에 빠져들기도 했다.

고운 단풍으로 가득한 어느 한 날 남편은 나를 일으켜 여행을 떠났다. 계절이 바뀌도록 그날의 상처 속에 묶여 밖으로 나오지 못하는 아내를 세상 밖으로 꺼내놓기 위한 그의 고군분투였다. 우리는 남이섬 은행나무 숲길에서 깊어가는 가을을 걸었다. 찾는 이 뜸해진 경포대 해수욕장 모래사장에 앉아 낙조를 바라보기도 했고 오대산 어느 산사 연못가에서 소원이 이뤄진다는 동전을 던져보기도 했다. 남편은 열심히 나를 위해 애쓰고 있었다.

꼬박 하루를 길 위에서 보내고 우리는 늦은 밤 평창 어디쯤 아름다운 농원 안에 있다는 작은 펜션을 찾았다. 오누이처럼 서로 닮은 나이 지긋한 부부가 운영하는 아담한 펜션이었다. 주인 내외와 우리뿐인 뜰에는 별이 가득 쏟아지고 귀뚜라미 우는 소리 외에는 온 사위가 고요로 가득했다.

고단했던지 남편은 곧바로 잠이 들었다. 반면 나는 낯선 장소가 주는 불편한 잠자리에 쉬이 잠들지 못하고 밖으로 나왔다. 가을이 뜰 안에 가득했다. 제 몫을 다 한 듯 화단 아래로 눈처럼 내려 곱게 잠든 꽃잎들 때문이었을까. 잊었노라 묻어두었던 눈물샘이 또 터져버렸다. 한참을 그렇게 주저앉아 일어날 줄 모르는데 안주인이 차 한 잔을 내어주며 내 손을 잡았다.

바싹 마른 노란 국화가 기지개를 켜며 투명한 잔 속에서 나를 빤히 바라보고 있었다. 따뜻하고 투명한 찻잔 사이로 나의 차가운 손과 그녀의 투박한 손이 서로에게 온기를 전했다. 그리고 하얀 달빛 아래 마주 앉은 사이로 은은한 국화 향이 시나브로 거리를 좁히며 내게로 스며들었다.

농원의 주인 내외는 몇 해 전 금쪽같은 자식 하나를 교통사고로 가슴에 묻고는 서울 살림을 모두 정리해 이곳으로 내려왔단다. 자식 돌보듯 꽃을 심고 나무를 키우며 가을이면 차를 만들어 가까운 지인들에게 선물하면서 바쁘게 움직이는 것으로 세월을 잊는다는 한마디가 노부부의 오욕칠정五慾七情을 고스란히 드러내고 있었다.

지금도 이맘때가 되면 그날을 떠올린다. 침묵으로 일관하며 마음을 살펴준 그 밤. 모자람 없는 따뜻한 국화차 한 잔이었다. 그날 여행에서 돌아온 후 나의 베란다에도 채반을 들이고 산국화를 비롯해 몇 가지 채소들을 말려본다. 그리고 겨울이 깊어지면 우체국에 들러 생각나는 지인들에게 선물로 보내곤 한다. 마음을 다스리는 데 소일거리 하나면 삶은 무너지지 않는다.

제2부
눈물의 무게

편지 한 장

우리는 열아홉 살에 만난 철부지 부부였지요.

결혼식 날 초례상 밑으로 부끄러워 살짝 엿본 게 우리 둘의 첫 대면이었소.

몹시도 가난했던 우리 집으로 시집온 것이 어느덧 육십 년 세월이 지났구려.

지금까지 긴 세월 살아오면서 온갖 풍파 갖은 시련 수없이 많았어도

한마디 불평 없이 언제나 미소로 넘겨버린 당신은 조강지처 현모양처 그 자체였소.

봄이면 베틀에 앉아 딸깍딸깍 삼베를 짜서 그 무섭던 보릿고개 춘궁기를 넘겼었지.

말수 적고 욕심 없던 당신.

우리 젊은 시절은 꿈속에 청산青山을 지나온 것 같소.

태백 준령 넘는 구름에 우리 청춘을 실어보내고 오늘 산수연傘壽

宴을 맞이했구려.

내년에도 오늘 같은 날 또 있을지 모르지만 언제나 기쁜 마음 기도하며 삽시다.

철자법을 무시한 채 삐뚤빼뚤 서툰 글씨체로 써내려간 아버지의 편지 한 장에 자식들은 눈시울이 뜨거워졌다. 오래 전 뇌경색으로 몸이 불편한 아버지는 떨리는 손으로 편지를 부여잡고 떠듬떠듬 읽어내려갔다. 환갑의 문 앞에 선 오빠의 희끗희끗한 머리칼이 등을 돌려 하늘을 향하고, 언니도 나도 밥상머리 밑으로 고개를 푹 숙인 채 어깨를 들썩이는데 단지 한 분, 편지 수신인인 엄마만은 아무런 표정이 없다.

올해로 팔순을 맞이하신 엄마의 생신 잔치가 친정집 마당에서 조촐하게 열렸다. 담장 너머 푸른 잎새 사이로 붉은 장미가 눈부시던 지난 칠월 초순이었다. 오래된 초록 대문을 발판삼아 길게 줄기를 뻗은 포도 넝쿨도 공간적 배경에 한자리 차지했다. 어느덧 볕이 여름을 향해 한층 깊은 더위를 뿜어내는 때였지만 하늘도 맑고 바람도 간간이 시원한 좋은 날이었다.

이날을 위해 자식들은 한 달 전부터 부지런히 연락을 주고받았다. 다같이 부모님을 모시고 가족 여행을 떠나볼까? 집으로부터 멀지 않은 곳에 아담한 한정식집이 있다니 그곳으로 일가친척들을 모시고 점심 대접하는 건 어떨까? 이런저런 의견들이 오고가다 시절이 시절이니만큼 결국 집에서 가족들만 모여 조용히 밥 한 끼를 하기로 했다.

엄마의 팔순이 불러모은 집안에는 자식들이 준비한 음식과 선물로 오랜만에 정적 대신 시끌벅적 사람 사는 냄새가 났다. 자식들은 어렸고 당신께선 젊던 시절 즐겨 해주시고 함께 먹던 메밀전병을 동생네가 공수해와 엄마의 입맛을 돋웠고, 소싯적 엄마가 즐겨 부르던 고향의 노래 〈정선아리랑〉이 손자의 빠른 손놀림으로 휴대폰에서 울려나와 모처럼 엄마가 환하게 웃으셨다.

부모님을 모시고 오랜만에 즐기는 만찬에 모두가 즐거운데 옆에서 묵묵히 앉아 계시던 아버지가 슬며시 호주머니에서 편지 한 장을 꺼내든다. 엄마의 이 날을 위해 며칠 전부터 새벽에 일어나 한 줄 두 줄 쓰기 시작했단다. 자식들의 눈이 휘둥그레 초점을 잃었다. 지금껏 한번도 본 적 없는 낯선 풍경이었기 때문이다.

아버지는 여태껏 엄마에게 무심한 남편 그 자체였다. 자식들한테는 더없이 유한 분이셨으나 엄마에게는 늘 무뚝뚝하셨다. 더욱이 시詩를 좋아해 틈만 나면 집 밖에서 글벗들과 어울리니 집안일은 오롯이 엄마의 몫이었다. 어느 해인가 칠월 이맘때 암소가 새끼를 낳다가 사산死産을 했는데 그 뒷일을 모두 엄마에게 떠맡기고 당신은 또 사람들을 만나러 집을 비웠다는 얘기를 들은 적이 있다. 엄마의 기억 속에 남아 있는 더없이 암울했던 순간임을 몇 번이나 말씀하셨다. 함께 사는 내내 꽃 한 송이 받아본 적 없고 생일날 축하한단 말 한마디 들어본 적이 없으셨다니 그 삶이 오죽했을까. 엄마가 아닌 여자로서 당신의 삶을 떠올리면 더없이 마음이 아리곤 했다.

편지로 대변하는 아버지의 마음은 구구절절句句節節인데 남편도, 자식도 놓칠 만큼 이제 엄마의 기억은 하얗게 길을 잃었다. 만약 아버지께서 밖에서의 시간을 줄이고 엄마와 많이 함께했더라면, 가슴 저 밑바닥에 있는 깊은 마음을 자주 꺼내 표현했더라면 엄마의 기억은 덜 아프지 않았을까. 그러나 인생에 '만약'이라는 가정은 얼마나 부질없는지. 남편이 전하는 생애 첫 편지 한 장에 아무런 동요도 없이 지금 치매와 마주하고 계신 엄마 모습에 자식들은 울었다.

엄마가 가장 오래 머무는 안방 경대 서랍장 거울 앞에 편지를 붙여놓고 자식들은 손님처럼 왔다가 또 썰물처럼 집을 나온다. 어느 찰나 잠깐이라도 엄마의 기억이 현재로 돌아와 그 편지를 읽어내는 순간이 있기를. 그리하여 무수히 참고 견뎌온 긴 세월을 덮고 남은 날들은 초여름 푸른 바람이 불듯 가벼이 그리 사시기를.

눈물의 무게

누군가를 부르는 소리에 눈을 뜬다. 뒤이어 오십대로 보이는 한 여자가 달려오고…. 여자는 실신하듯 바닥에 털썩 주저앉아 양 무릎 사이로 얼굴을 묻은 채 어깨를 들썩이기 시작한다. 그녀의 소중한 이가 결국 다시는 돌아올 수 없는 먼 곳으로 떠났나보다. 그야말로 아무리 시간이 흘러도 좀체 익숙해질 것 같지 않은 곳, 중환자 대기실에서 새벽을 맞는다.

아버지가 입원하셨다. 감기 기운이 있다며 안부를 전한 것이 엊그제인데 어느새 폐렴합병증으로 악화되어 호흡곤란을 일으켰다. 고혈압과 당뇨를 오랜 친구처럼 달고 살아오신 아버지는 이제 작은 감기에도 쉬이 무너지고 독감에서조차 중환자실을 드나들 만큼 황혼의 문턱을 훌쩍 넘어버렸다.

어린 시절 몸이 약해 수시로 병원을 드나들었던 나의 기억 속에는 늘 아버지가 계셨다. 층층시하 종갓집 맏며느리로 바쁜 어머니를 대신해 항상 내 손을 잡고 병원을 오고가셨다.

본격적으로 내가 병원을 찾아다니기 시작한 건 네 살 무렵부터였단다. 아버지의 표현이 그랬다. 바로 눈앞의 물건도 잘 잡지 못하고 수시로 넘어져 찾게 된 병원에서 '시신경 위축성 시력저하'라는 진단을 받는 순간 눈앞이 캄캄했노라고. 집으로 돌아오는 길, 집까지는 버스 정류장에서 내려 또다시 반 시간은 족히 걸어야 하는 시골에 살았던 나는 그날 아버지의 넓은 등에 업혀 잠이 들었던 것 같다. 그러나 당신은 본인의 세월 중 가장 길고 어두운 밤길을 걸었다며 그 당시를 회상하곤 하셨다.

가보지 않은 길에 대한 미련이었을까. 다음날부터 아버지는 회복이 어려울 것이라는 의사 소견을 무시한 채 한 줄기 희망을 찾아 날 데리고 전국 방방곡곡 명의를 찾아다니셨다. 그러는 동안 당신의 구두는 길 위에서 뽀얀 먼지를 뒤집어쓴 채 점점 제 키를 잃어가고 있었지만 나는 자식 중 아버지와 가장 많은 추억을 나눈 행복한 유년을 보냈다. 이른 새벽 병원을 가기 위해 나선 첫 기차 안에서 사주었던 청포도맛 사탕의 달콤함, 진료를 끝내고 집으로 돌아오는 길목에 들렀던 서울대공원의 볼거리들, 걷기 싫다며 떼를 쓰는 나를 말 없이 업어주셨던 시간 등 잊지 못할 귀한 기억이었다.

마지막 여행은 바닷가였다. 강릉에 용한 의사가 있다는 소문을 듣고 또다시 길을 나섰다. 아마도 나들이하기 좋은 봄날이었을 것이다. 진료 후 들른 바닷가에서 나는 이리 뛰고 저리 뛰며 마냥 신난 망아지가 되었다. 반면 아버지는 끝없이 펼쳐진 백사장에 붙박이처럼 앉아 한참을 우셨단다. 주홍빛 석양이 내려앉아 윤슬이 눈부신 아름다운 바다 풍경 앞에서 우리 부녀의 희비喜悲는 아이러니였다. 그리고 오랜 시간이 흐른 후에야 그날은 '이제는 그만 포기하라'는 의사의 모진 진단 앞에 결국 굴복한 날이었다는 것을 당신은 고백하셨다. 이후 아버지는 더는 나를 데리고 차를 타지 않았다. 대신 집 근처 공터를 개간해 결명자를 심었고 우리 가족은 사시사철 차를 마셨다.

일이 일어난 건 안개꽃 같은 눈송이가 바람에 섞여 이리저리 뒹굴던 어느 밤이었다. 늦게까지 학교에 머물며 입시 준비를 위해 고군분투하던 날 아버지가 나를 데리러 오셨다. 묵묵히 내 가방을 받아 메고 앞서 걷는 당신의 얇고 낡은 외투가 찬바람에 놀라 서걱서걱 소리치고 있었다.

침묵을 깬 건 아버지였다. 오빠가 대학생이고 남동생이 연이어 수험생이 될 테니 내게는 집 근처에 있는 전문대학을 가는 게 어떻겠냐고 조심스럽게 물으셨다. 서운함이 알싸한 갓김치처럼 톡! 쏘며 상처로 들어왔다. 내 생애에 쓸 수 있는 온갖 아픈 말로 당신 가슴에 못을 박았다.

그날 밤, 늦게 아버지는 근처 포장마차에서 얼근하게 취해 들어오셨다. 자정이 훨씬 지난 시간이었다. 부모님이 주거니 받거니 내 얘기를 하는가 싶더니 아버지께서 흐느끼는 소리가 문틈을 비집고 가늘게 새어나왔다. 그 역시 시간이 한참 흘러서야 누구보다 연약한 자식을 오래 품 안에 두고 싶어하셨다는 걸 엄마를 통해 비로소 알게 되었다.

결혼하던 날은 아주 맑은 가을이었다. 아버지는 말끔한 양복에 윤이 나는 검은 새 구두를 신고 내 손을 잡아주셨다. 따뜻함으로 전해오는 당신의 체온 사이로 켜켜이 쌓였던 온갖 시간이 필름처럼 돌아갔다. 병원을 내 집 드나들 듯 길 위에서 고단했을 당신의 삶에 미안했고 보석처럼 빛나는 시절을 주셔서 고마울 뿐이었다. 당신의 눈빛이 흔들렸다. 나의 눈가도 뜨거워졌다. 아버지와 나는 우는 듯 웃는 듯 두 손을 꼭 잡고 한 걸음씩 앞으로 나아갔다.

나는 평생 아버지의 눈물이었으며 그 무게는 신神마저 나의 시력을 모두 가져가지는 못했다. 톨스토이가 그랬던가. 나의 생활 전체는 나에게 무슨 일이 일어나든 그것과는 상관없이 매 순간순간이 이전처럼 무의미하지 않을 것이라고…. 돌아보니 세월 앞에 원망은 사라지고 이해 못할 것은 아무것도 없었다. 시련이 있었지만, 추억을 챙겼으니 그것이면 충분했다. 돌아오는 길이 오래 걸렸지만 아버지의 노년이 쓸쓸할까 마음 쓸 줄 아는 어른도 되었다.

중환자실 문이 열리고 머리부터 발끝까지 온통 푸르름으로 가득한 의사가 나와 일반실로 옮긴다는 짧은 한마디를 남기고 들어간다. 고맙다. 창문 너머 호기심 어린 눈으로 안을 들여다보던 봄볕에게 고맙고, 이미 등을 돌려 사라진 젊은 의사에게도, 거뜬히 지난 밤을 견뎌준 아버지에게도 고맙다. 모든 것이 다 고맙다. 그리고 어느새 새벽녘의 그 여자처럼 대기실 앞 긴 의자에 주저앉아 새우잠을 자며 밤새워 뒤척이던 조바심이 창밖에 흩날리는 벚꽃처럼 눈물로 내린다.

●

다시, 마당

책을 읽다보면 어느 순간 그 글이 나의 삶과 맞닿아 종종 여운을 남기곤 하는 때가 있다. 오늘 새벽이 꼭 그런 날이었다. 눈을 뜨고 보니 창밖은 아직도 어스름 쪽빛에 모두가 잠든 고요한 시간이었다. 아침을 준비하기에는 다소 이른 때라 잠깐 앉아 책 한 권을 펼쳤다. 그리고 우연히 「국화」라는 목성균 선생의 짧은 수필 한 편에 나의 아버지를 떠올렸다.

목성균의 「국화」는 중풍을 앓아 병객이 된 당신 영감님의 적막한 만추를 유념하여 거실 창문 앞마당 잔디밭에 국화를 심어놓은 이야기다. 늦가을 추위가 오면 밖에도 못 나올 남편에게 좋은 동무가 될 것으로 생각했기 때문이란다.

이태 전 나의 아버지도 뇌경색을 앓으셨다. 그 후유증으로 왼쪽 팔다리에 생긴 마비 증상은 당신 혼자서 할 수 있던 수많은 일을 절반 가까이 줄여놓았다. 거동이 불편해져 앉고 일어서는 행동이 한참이나 걸렸고 어디 잠깐 외출이라도 할라치면 엄마가 늘 그림자처럼 동행했다. 곁으로 당신의 삶이 누군가의 도움으로 연명되고 있다는 자괴감인지 대수롭지 않은 일에도 불같이 화를 내곤 하셨다.

아버지의 흔들리는 삶으로 인해 덩달아 엄마의 생활도 비틀거리기 시작했다. 자식들 걱정할까 웬만해선 전화하는 것을 극도로 아끼던 오랜 생활철칙이 삽시간에 무너졌다. 하루에도 서너 번씩 전화벨이 울렸다. 인생의 등 뒤로 긴 그림자가 드리워진다는 팔순 가까운 나이에 아버지 병간호는 홀로 감당하기에 버거운 짐 같은 것이었으리라.

자식들은 주말마다 시골집으로 내달렸다. 명절과 부모님 생신, 혹은 휴가철에나 간간이 찾아가던 고향을 이제는 번갈아가며 꼭 다녀와야 하는 의무사항이 되었다. 병원을 모시고 나니고 목욕탕으로 이발소로 집안일까지 살피고 나면 하루해는 참 짧기도 했다. 일 년이 채 지나지 않아 우리는 지쳐가기 시작했고 무언가 다른 대안을 내야 했으며 결정해야 했다. 긴 병에 효자 없다는 말은 딱 우리 자식들을 두고 한 말 같았다.

결국, 부모님의 반세기 인생이 담긴 시골 살림을 정리하고 시내 아파트로 보금자리를 옮겨 드렸다. 지금껏 살던 집은 여전히 웃풍이 세고 무엇보다 집안 구조가 동선動線이 길고 문지방이 많아 아버지에게 여러 모로 불편했다. 그에 반해 새로 이사한 아파트는 근처에 한방병원이 있어 틈틈이 물리치료 받으러 다니기에도 좋았고, 작지만 알찬 공원도 자리해 가벼운 운동을 병행하기에 안성맞춤이었다. 자식들은 무슨 큰 효도라도 한 양 저마다의 어깨들이 홀가분해졌다. 그리고 이제 두 다리를 쭉 뻗고 마음 편히 쉴 수 있으리라 꿈도 꾸었다. 모든 것은 순조로웠다.

어느 한 날 이른 아침 전화벨이 울렸다. 수화기 너머로 엄마가 울고 있었다. 지난 밤 아버지께서 수면제 과다복용으로 응급차에 실려왔다는 것이다. 한달음에 달려간 중환자실 앞에서 자식들은 무릎을 꿇었다. 다행히 불행은 걸음을 되돌려 떠났지만 저마다의 가슴에는 깊이 상처가 남았다. 밤송이도 부지런히 여물며 알을 품는다는 화사한 가을 달밤, 아버지는 침대 머리맡에 서툰 글씨로 편지 한 장 덜렁 써놓으시곤 왜 그런 선택을 하려 했는지 나는 그때 알지 못했다.

이사를 하고 몇 달 후부터 아버지는 잠을 잘못 주무시는 날이 많아졌단다. 수면제에 의지하는 횟수가 늘어나고, 그 양도 점점 많아졌다는 얘기를 그제야 엄마는 하셨다. 거실 창가에 앉아 밖을 내다보며 침묵으로 일관하는 날이 잦아지고 종일 집 안에서만 계셨단다.

당신의 우울증이 한층 심해진 것은 지난 여름부터였을 것이라고 엄마는 확신하셨다. 아버지는 아파트 쓰레기장에 버려진 커다란 화분 두 개를 가져와 1층 현관 옆 빈 화단에 놓고는 가지와 고추를 심으셨다고 한다. 불편한 몸으로 공원 수돗가에서 물을 떠나르고, 햇살을 향해 화분의 위치를 바꿔가며 애지중지하시니 엄마는 모처럼 아버지의 건강했을 적 생기를 보는 것 같아 덩달아 좋아하셨단다. 그러나 얼마 못가 아파트 주민 한 분이 치우라고 해 열매도 보지 못하고 끝나버렸다며 울분을 토해냈다. 화분이 제 역할을 다할 수 있도록 조금만 더 인내하고 기다려주었더라면 아버지의 상처가 덜했을까.

화분이 치워지던 날 아버지는 두고 온 당신 생의 온갖 시간이 담긴 시골집을 떠올렸을 것이다. 선대로부터 물려받은 기와집을 그때그때 고쳐가며 어느새 빨간 벽돌집이 되어버린 아담한 고향 집. 부모님을 모셨고, 올망졸망 토끼 같은 자식들을 낳고 키우며 얻은 추억이 오롯이 녹아 있는 오래된 그 집을 아버지는 참 좋아하셨다. 손수 집 앞 강가에서 돌을 날라다 쌓은 울퉁불퉁한 낮은 담장과 엄마를 위해 오랜 시간 공을 들인 크고 작은 장독, 꽃과 채소를 맘껏 기를 수 있는 마당을 특히 아꼈다.

뇌경색이라는 병명이 주는 혹독한 후유증에 본인의 몸 하나 제대로 움직여지지 않는 현실을 받아들이기까지 속으로 많이 절망하셨으리라. 생존권이든 재산권이든 모든 결정권을 자식들에게 맡길 수밖에 없는 무기력함에 속으로 더없이 힘겨웠을 것이다. 그 와중에 자식들은 낯선 곳, 낯선 사람들 속에 아버지를 홀로 남겨두었으니…. 그릇도 손에 익은 그릇이, 사람도 옛사람이 좋다는 것을 여직 나는 알지 못했다.

올봄 아버지는 그토록 그리던 옛집으로 다시 돌아오셨다. 이사할 당시 급히 내놓은 시골집이 팔리지 않아 천만다행이었다. 당신의 깊은 마음을 살피지 않고 자식들의 잣대로 안일함을 선택한 그때를 지금도 죄스럽게 생각한다. 그러고 보면 한 부모는 열 자식을 거둬도 열 자식은 한 부모를 못 거둔다는 옛말 하나도 그르지 않다.

아버지는 가장 먼저 앞마당 텃밭에, 오이며 호박이며 올망졸망 새 생명을 들였다. 한나절이면 족했을 텃밭 가꾸기가 온종일 걸렸지만, 자식들은 묵묵히 기다리기로 했다. 당신의 손으로 이루어내는 완성의 기쁨을 빼앗고 싶지 않음이었다. 이제라도 아버지에게 마당을 찾아드린 건 참 잘한 일이다.

오늘도 아버지는 가장 먼저 마당에 나와 서툴러도 열심히 운동하고 아롱다롱 텃밭의 채소들을 보살필 것이다. 그렇게 당신의 생이 다시 시작되는 곳, 아버지의 마당이다.

작약꽃 피는

유치원 뜰 안에 작약 한 송이가 피었다. 초록 잎이 무성한 사이로 붉은 꽃잎을 펼치며 반짝반짝 사위를 빛내고 있었다.

"드디어 얼굴을 보여주는구나." 나도 모르게 말을 걸었다. 작약은 마치 응답이라도 하듯 부는 미풍에 하늘하늘 고개를 흔들었다.

지난 봄부터 여린 새싹으로 돋아나기 시작하더니 하루하루 잎을 늘려가는 모습에 오며 가며 눈이 많이 가던 차였다. 꽃대가 솟아오를 땐 이제나저제나 또 기다렸다. 언제쯤 수줍은 듯 잔뜩 웅크린 채 얼굴을 덮고 있는 붉은 봉우리를 활짝 열어보일까. 며칠 기다림 끝에 마침내 작약은 소리 없이 피어났다.

유월이면 친정집 시골 마당에도 작약이 고왔다. 옹기종기 장독들이 모여 앉은 옆으로 색색이 여러 송이가 피어나 뜰 안을 화사하게 밝혔다. 햇빛과 바람이 적당히 좋은 날이면 장미처럼 은은한 향을 실어나르며 지나는 이웃들마저 기웃기웃 걸음을 멈추게 했다.

마당에 작약이 들어앉은 건 선대 때부터였다고 한다. 열아홉 할

아버지께서 옆 마을에 사는 두 살 아래 할머니와 혼례를 치르던 날, 마당에는 울긋불긋 꽃이 화려했단다. 아버지는 할머니로부터 전해 들은 그 이야기를 할아버지 기일 때마다 회상하곤 하셨다. 그렇게 두 분은 작약이 탐스러운 마당에서 서로의 인생에 한 획을 그으며 꽃처럼 환한 한 시절을 보냈으리라.

할아버지에 대한 어릴 적 기억은 늘 사랑방에 누워 계시거나 잠깐씩 앉아 창문을 열고 마당을 내다보는 모습이 대부분이었다. 아버지 말씀에 의하면 많이 아프셔서 누군가 항상 그림자처럼 따라다니며 돌봐드려야 한다고 했다. 그 말이 어린 나이에도 마음에 남아 나는 밖에 나가놀다가도 들어오면 가장 먼저 할아버지 방문부터 열어보곤 했다. 그러면 할아버지는 머리맡의 문갑장에서 초록색 굵은 청포도 사탕을 꺼내주며 희미하게 웃곤 하셨다.

햇살이 깊어지기 시작하는 유월이면 할아버지는 용기를 내어 한 손엔 지팡이를 짚고 느릿느릿 걸음을 내디뎌 작약이 만발한 마당을 나서곤 하셨다. 그리고 장독대 옆 봉당에 앉아 붉은 작약을 한없이 바라보곤 하셨는데, 핏기없는 앙상한 손으로 붉은 꽃잎을 어루만질 때 당신의 얼굴엔 모처럼 화색이 돌며 잠깐이나마 맑은 정신을 유지하셨다. 당신의 시각과 촉각을 총동원해 꽃을 대할 때, 아마도 가장 좋았던 한때를 떠올렸을 것이다. 고운 작약이 만발하던 시절에 만나 혼인을 하고, 어우렁더우렁 자식 낳아 기르며 살던 그때를 말이다.

할아버지는 한국전쟁 당시 소집 영장도 없이 군대에 차출되셨단다. 간단한 군사교육만 받고 그 험한 전장으로 내몰린 것이다. 그리고 어느 해 신체적으로나 정신적으로 돌이킬 수 없는 피폐함을 안고 돌아오셨다. 어느 학자는 전쟁이란 사람들의 머리 위로 떨어지는 포탄이며, 파괴되는 보금자리고, 생사를 모른 채 흩어지는 가족이며 우리의 삶을 파괴하고 인간을 인간 아닌 것으로 만든다고 했던가.

할아버지께서 역사의 무거운 짐을 진 대가는 혹독하기 이를 데 없었다. 한 가정의 기둥이었던 젊은 가장은 연기처럼 흔적도 없이 사라지고 한여름 천둥소리에도 귀를 막고, 번개라도 치는 날이면 구석으로 숨는, 평생 포탄 소리의 두려움을 안고 사는 정신 혼미한 노인으로 남은 생을 사셨다. 할아버지가 병객이 되어 돌아온 이후 가족들은 정글과도 같은 세상에서 밤을 낮처럼 모든 짐을 떠안고 온갖 일을 헤쳐나가며 가난이라는 짐을 내려놓을 때까지 고생의 길을 걸었다.

유월은 하루하루 초록으로 변해가는 신록이 제철을 만나고 온갖 사물이 절정에 달하는 생동生動의 달이다. 반면 누군가의 가족에겐 전쟁이 남긴 상처의 힘든 기억이 있는 달이다. 오랜 시간이 흘러 이젠 희미해진, 우리의 세대는 이야기로만 전해듣는 간접의 역사지만 오늘의 평안함 뒤에는 이름도 없이 스러져 산화한 누군가의 희생이 있었기에 최소한의 감사함을 잊지 않는 유월이기를….

마음을 얻다

슬금슬금 또다시 손등이 가렵기 시작한다. 몇 해 전부터 여름이 시작되고 더위가 몰려오면 예외 없이 일어나는 이상증세다. 강한 햇볕이 내리쬐는 날엔 증세가 더욱 심하다. 처음에는 그저 가렵기만 하더니 해를 거듭할수록 점점 그 강도가 심해져서 벌겋게 부어오를 때까지 긁고 선연한 핏자국을 보아야 시원해지곤 한다.

동네 병원 피부과에서 햇빛 알레르기라는 진단을 받았다. 벌에 쏘인 것처럼 부어오르는 것을 시작으로 가려움증을 동반한 붉은 반점, 좁쌀 모양의 발진, 진물 등 다양한 형태로 나타난다고 했다. 이러한 증상이 반복되면서 피부는 점차 동물 가죽처럼 두껍고 거칠어지며 주름 또한 눈에 띄게 늘어나는 것이 특징이라는 부연 설명을 덧붙였다.

그러고 보니 나의 손등은 이제 가려움증을 넘어 자글자글 주름투성이에 노인들에게나 나타날 법한 검버섯까지 덤으로 듬성듬성하다. 잠깐의 외출에도 자외선 차단제를 필수적으로 발라야 하고 사람들을 만나면 슬그머니 손을 뒤로 숨기는 버릇까지 생겼다. 몇 해에 걸쳐 이루어진 햇빛 알레르기가 만들어낸 반갑지 않은 결과다.

주말 아침 햇빛 가득한 베란다에 빨래를 널며 무심코 들여다본 나의 손등은 씁쓸하기 그지없다. 마치 평생을 농사일과 집안일로 물기 마를 새 없이 고단했던 친정엄마 손등을 보는 것 같아 마음 저 깊은 속으로 휑하니 바람이 지나간다.

학창시절 내내 나는 꽤 먼 거리를 걸어서 학교를 오갔다. 수험생이 되었을 때 늦은 귀가를 하는 나를 위해 엄마는 하루도 거르지 않고 교문 앞까지 마중을 나왔다. 그리고 거북이 등껍질처럼 거칠고 투박한 손으로 내 손을 포개쥐고는 걸어왔던 길을 다시 돌아 집을 향해 타박타박 보폭을 맞춰주셨다. 가끔은 너무 피곤해 서로 밤처럼 고요한 침묵으로 묵묵히 걷던 때도 있었지만, 금방이라도 쏟아질 듯 무수히 빛나는 별들을 바라보며 우리 모녀는 그날 하루 일들을 일기 쓰듯 서로에게 쏟아내는 날이 더 많았다.

함께 걸으며 엄마는 '엄마 손도 예전엔 목화솜 같았는데 이 집으로 시집와 한평생을 살다보니 어느새 쪼글쪼글 투박함만 남았네. 우리 딸은 언제나 지금처럼 이렇게 고운 손을 평생 간직하며 살아야 할긴데…' 하시곤 했다. 평생 쉴 줄 몰랐던 당신의 거친 손등 위로 하루의 고단함이 묻어나는 혼잣말의 넋두리였지만 나는 엄마와 맞잡은 손 사이로 늦은 밤길의 두려움을 떨쳐낸 따뜻한 온기가 그저 좋았다.

돌아보면 엄마와 늘 함께했던 익숙한 손잡음은 나의 유년 시절은 물론 나이가 들고 있는 지금까지도 나를 지탱하고 있는 삶의 유산이 되었다. 층층시하 대가족 맏며느리로 시집와 한평생 넉넉지 않은 살림살이를 꾸려온 나의 엄마. 처녀적 섬섬옥수 같은 고운 손은 육십 평생이 흐른 지금 돌처럼 딱딱하고 투박함만 남았어도 나는 당신의 손안에서 형언할 수 없는 따뜻한 마음을 얻었다. 그리고 누군가를 위로할 땐 그 사람의 손을 잡는 습관도 생겼다. 가끔 병원 진료를 위해 동행하는 연로하신 시어머님의 야윈 손을 잡아드리고, 인사 개편에서 누락되어 어깨가 축 처진 남편의 손을 묵묵히 잡아준다. 학교 성적이 오르지 않는다며 방황하는 사춘기 아들에게는 백 마디 말보다 한번 손을 잡아준다. 오늘도 교실에서 몇 해 전 집을 나간 엄마가 그리워 떼를 쓰고 장난감을 사정없이 집어던진 아이의 손을 잡아주었다. 아이의 상처가 얼른 치유되기를 바라는 마음을 담아 아주 꼭 잡아주었다.

무릇 그 사람의 손을 얻으면 그의 마음을 얻은 것이라고 하지 않던가. 나의 질풍노도의 시기를 잘 넘길 수 있도록 늘 잡아주었던 따뜻했던 엄마의 손처럼 말이다. 내 손을 그 사람에게 내어주고 그 사람의 손을 잡아주는 아주 사소한 일로 저들이 힘을 얻는다면 그것이면 됐다. 곱지 않은 나의 손이 누군가를 행복하게 할 수 있다면 진심을 담아 오늘도 힘껏 내밀어본다.

시간을 이긴 기억

얼결에 눈을 뜨니 엄마가 보이지 않았다. 분명 어젯밤 안방 아랫목에서 엄마 팔을 베고 잠이 들었는데 어디에도 안 계셨다. 오빠가 잠든 건넌방에도, 할머니가 주무시는 사랑방에도, 저마다 세상의 시간을 잊은 듯 고른 숨소리만 있을 뿐이었다. 엄마를 찾아내는 숨바꼭질은 이제 두려움이 되었다. 행여 엄마가 나를 떼어놓고 영영 떠나버린 건 아닐까.

일이 일어난 건 어제 저녁 무렵이었다. 할머니는 옆 마을 잔칫집에 갔다가 막걸리에 취해 돌아오셨다. 그리고 대문을 들어서자마자 물 한 그릇 떠오라며 목청껏 나를 불렀다. 당신의 세월을 고스란히 싸안은 듯 온통 주름으로 뒤덮인 손에는 검은 비닐봉지가 들려 있었다. 할머니는 취중에도 식구들을 먹이겠다며 잔치 음식을 한가득 싸온 것이다.

단숨에 냉수를 벌컥벌컥 들이켠 할머니는 나를 빤히 쳐다보며 "요 이쁜 것, 홍역에 걸려 다 죽어가는 걸 내가 살렸지. 느그 애미는 신경도 안 쓰는 걸 말이다" 하셨다. "방긋방긋 웃는 거 볼 생각에 쌀죽 끓여 먹여가며 살려놨더니 이제는 물을 다 얻어 마시네." 술기운 탓인지 평소보다 말씀이 긴 할머니의 검붉은 얼굴이 흡사 산 너머로 숨어드는 노을 같았다.

엄마가 집 뒷밭에서 한나절 콩을 심고 들어오던 찰나 이 소리를 들었다. 그리고 손에 묻은 흙을 씻을 새도 없이 마루에 놓여 있는 애꿎은 검은 봉지를 마당에 냅다 던져버리는 것이 아닌가. "왜 자꾸 애 앞에서 쓸데없는 말씀을 하세요. 신경을 안 쓰긴 누가 안 쓰고 죽긴 누가 죽어요. 십 년이면 강산도 변한다는데 이젠 그만하실 때도 됐잖아요." 파르르 떨리는 엄마의 목소리 너머 어느새 그렁그렁 눈가에 이슬이 맺혔다. 엄마는 울음 가득한 얼굴로 '제발'이란 말을 연거푸 서너 번을 더 하시곤 부엌으로 사라졌다.

생전 처음 보게 된 엄마의 낯선 모습에 덩달아 나도 울먹였다. 봉지 속 기름옷을 한껏 품은 잔치 음식들도 놀란 듯 마당 한가운데 널브러져 꼼짝도 하지 않았다. 부엌에서 가늘게 새어나오는 엄마의 흐느낌과 끝도 없이 이어지는 할머니의 혼잣말은 밖에 나갔던 아버지가 돌아오고서야 끝이 났다. 엄마가 그날 왜 그렇게 화를 냈는지 나는 알지 못했다. 내 나이 그때 열 살이었다.

겨우 엄마를 찾아냈다. 어둠이 채 가시지도 않은 새벽에 엄마는 부엌에서 싸늘히 식어버린 아궁이에 군불을 지피고 계셨다. 장작은 활활 제 몸을 불태워 열기를 내는데 엄마는 나지막한 나무 의자에 앉아 토닥토닥 부지깽이로 바닥을 치고 있었다. 무슨 생각이 그리도 깊었는지 내가 다가서는 줄도 몰랐다. 반가운 마음에 가까이 다가가 뒤로 껴안으니 그제야 돌아보곤 이내 나를 끌어 옆에 앉혔다. 엄마가 있어서 천만다행이었다.

엄마는 조용하고 깔끔한 분이셨다. 가난한 종갓집 맏며느리로 시집와 괄괄한 할머니 성정 안에서도 큰소리 한번 내지 않고 긴 시간 할아버지 병수발과 자식을 키워내셨다. 그 삶이 오죽이나 고단했을까. 간간이 밭에 나가 김매는 일부터 일 년에 여섯 차례나 지내는 제사와 명절까지 합하면 그야말로 엄마는 한가롭게 앉아 유유자적 살아보지 못하셨으리라.

언제나 단정했던 엄마가 소리내 울음을 보인 것은 나로 인함이었을 것이다. 그날 따라 엄마는 가슴 저 밑 어딘가, 아픈 자식 돌아볼 새 없던 고단한 세월 속, 삶의 응어리가 할머니의 넋두리라는 촉매를 만나 속없이 터져버린 건 아닐까. 언제부터인지 할머니는 술만 드시면 나를 오롯이 당신의 손으로 키웠다며 한 얘기를 하고 또 하셨다. 나는 늘 할머니의 혼잣말이 궁금했고 엄마에게 확인하듯 물었다. 그때마다 엄마는 아무 답도 하지 않으셨고 자리를 피해버렸다.

분명하고 가차 없는 건 시간인 듯 이젠 할머니도 자연의 품에 누워 제삿날에나 술을 얻어드신다. 엄마는 전혀 입에 술을 대지 않던 젊은 시절과는 달리 이젠 맥주도 한두 잔 드실 줄 아시고 취기가 오르면 당신만의 혼잣말로 그 옛날 할머니를 답습한다. 설마 자식 죽기를 바라는 부모가 어디 있겠느냐고…. 너무 허약해서 늘 그게 걱정인 나를 얼마나 노심초사 길렀는지 그건 아무도 모른단다. 아버지가 내 손을 잡고 병원을 가는 날이면, 함께 따라나서고 싶다는 말은 차마 하지 못하고 언제나 대문 문설주에 기대 울음을 삼켰단다. 층층시하 종갓집 맏며느리란 그런 자리였단다.

한번도 가볍지 않았던 당신의 삶을 되뇌던 엄마도 이제는 일상들을 하나둘씩 잊어가고 있다. 인생의 되돌이표를 만난 듯 점점 잃어가는 시간이 많아지고 있다. 집안을 쓸고 닦는 단순한 일마저도 가져가버리고 하루 세끼 밥상 차리는 것도 버거워하신다. 그토록 애지중지 키워낸 자식들의 생일도 가물가물 기억에서 손을 놓으셨다. 잃어가는 시간이 있다면 좋은 시절은 남기고 고단했던 기억들만 가져가면 좋으련만…. 치매란 기억이 없는 것이 아니라 지난 시절의 기억을 지우지 못하고 그 기억에 매여 앞으로 나아가지 못하는 것이라는 어느 의사의 말을 곱씹어본다.

이른 아침 전화벨이 울린다. "오늘 아침 미역국은 먹었냐? 점심은 꼭 국수나 짜장면으로 먹어라. 그래야 오래 산단다." 수화기 너머 엄마의 한마디가 또 나를 울렸다. 나를 웃게도, 아프게도 하는 엄마의 동전과도 같은 기억이 언제쯤이면 봄 뒤에 여름이 있듯 그렇게 자연스레 받아들여지려나.

감사함의 계절

초등학교 저학년 봄이었다. 신록이 짙어가는 오월 어느 아침, 일찍 잠에서 깬 나는 울고 있었다. 오늘까지 글짓기 한 편을 써야 하는 숙제를 해내지 못했기 때문이었다. 한참을 그렇게 마루에 쪼그리고 앉아 훌쩍이는 사이 새벽 논물을 보러나갔던 아버지가 돌아오셨다. 눈가에 그렁그렁 맺혀 있는 눈물을 본 아버지는 연유를 듣고 나서 짧게 한번 웃더니 이내 원고지와 연필을 가져오라고 하셨다. 그러곤 아직 아침 밥상이 차려지려면 여분의 시간이 있으니 그동안 함께 숙제를 도와주겠다고 하셨다. 우리 두 부녀는 머리를 맞대고 원고지와 씨름을 했다. 얼마나 열심히 집중했던지, 시간 가는 줄 모르고 썼다 지우기를 반복한 끝에 드디어 글 한 편이 완성되었다. 평소에 책을 즐겨 읽고 쓰기를 좋아하던 아버지가 계셔서 천만다행이었다.

그날 아침 엄마의 온기 가득한 밥상은 싸늘히 식어버린 채 제 주인을 찾지 못했다. 나는 학교에 지각해서 담임선생님께 혼이 났다.

아버지 역시 그날 따라 지인과의 중요한 약속이 있었지만, 나로 인해 몇 시간이나 늦춰야 했으니 아마도 그 입장이 몹시 난처했을 것이다. 그러나 나는 그날을 두고두고 잊지 못할 한 시절로 기억하고 있다. 그것은 단지 그날 제출한 글짓기가 최우수상을 받아서만이 아니었다. 그날 아버지는 울고 있는 여식에게 당신의 몇 시간을 내어주며 손을 잡아 힘을 불어넣어주셨다. 손에서 마음으로 당신의 사랑이 전해지던 순간을 느꼈기 때문이었다. 지금도 그날이 어제처럼 생생하다.

고등학생이 되었을 때는 학교가 멀어 버스를 타고 등하교를 했다. 집이 시골이라 족히 반 시간 정도는 걸어나가 아슬아슬하게 새벽 첫차를 탔다. 몇몇 친구들은 아예 학교 근처에 방을 구하고 자취를 했지만, 엄마는 집을 떠나 객지 생활하는 딸자식을 용납하지 않으셨다. 그 대신 늘 새벽마다 따뜻한 밥을 해주셨다. 항상 가족 중에 가장 먼저 일어나 부엌에 등불을 밝히고 쌀을 씻었다. 제철 나물을 무치고 구수한 된장국을 끓이며 하루도 밥솥의 밥을 떨어뜨리지 않았다. 그리고 막차를 타고 기진맥진한 걸음으로 집으로 돌아오면 언제나 따뜻한 밥상을 차려놓고 책가방을 받아주셨다. 그렇게 오랜 시간 엄마의 밥상은 저마다 자식들의 삶에 소중한 밑천이 되었다.

흔히 말하기를 자식은 부모의 뒷모습을 보고 자란다고 한다. 나 역시 아침마다 따뜻한 밥상으로 가족들에게 힘을 준다. 내 남편이, 내 아이가 이 밥 한 그릇으로 하루를 든든하게 시작하기를 바라는 마음을 담아 꾹꾹 눌러 밥을 담는다.

●

부모님이 많이 생각나는 오월이다. 깊어가는 신록만큼이나 감사함이 많은 계절이다. 여전히 손에서 책을 놓지 않는 아버지는 며칠 전에도 시 한 수를 지어내 자랑을 하셨다. 자식들 먹이기를 좋아하던 엄마는 언제나 장독대를 굳건히 지켜내며 철철이 직접 담근 장과 시골 반찬을 만들어 보내주신다. 늘 넉넉하지 않은 집안의 자식들로 자라게 해 미안함이 많았다며 자책하지만, 하루하루 그저 늙어가는 노년이 아닌 관록 있는 여생을 실천하며 보여주는 두 분의 삶이야말로 충분히 차고도 남는 감사함이다.

들녘에 서서

가을이 깊어가고 있다. 아파트 단지 모과나무에 봄부터 초록 열매가 매달려 뜨거운 여름을 견뎌내더니 어느새 노랗게 익었다. 대추나무 몇 그루에도 알알이 대추가 영글어 경비원 두 분이 둘러서서 열매를 수확하고 있다. 한 분은 장대를 들어 나뭇가지 사이를 휘젓고 다른 한 분은 떨어진 대추를 주워 담는다.두 분의 분주한 머리 위로 가을볕이 반짝반짝 빛나고 있다.

어린 시절을 시골에서 보낸 내게 가을 기억은 낭만보다 노동이었다. 여름내 고추밭에서 고추를 따고 나면 서리가 내리기 전 한번 더 끝물에 들어선 고추를 수확하고 고춧대를 베어냈다. 물론 큼직큼직한 일들은 모두 아버지가 해내셨지만, 근처에서 자잘한 일들은 늘 주말을 이용해온 가족이 손을 보탰다. 학교가 문을 닫는 주말이면 평일보다 더 일찍 일어나 아침밥을 먹고 가족 모두 밭에서 땀을 흘렸다.

고추 수확이 끝나가면 이젠 옥수수가 기다리고 있었다. 뜨거운 여름을 견뎌내고 튼실하게 자란 옥수수는 선선한 바람이 불기 시작하면 초록은 사라지고 갈색으로 말라 손만 대면 섶에서 서걱서걱 낙엽 밟는 소리가 났다. 그러면 아버지는 낫을 들고 옥수수 섶을 잘라 바닥에 모으고 식구들은 옥수수 통만 따내 집 마루에 쌓아 마지막 수분기를 말렸다. 잘 말려야 곰팡이가 피지 않고 좋은 값에 팔 수 있기 때문이었다.

벼 타작을 하는 날은 온 동네가 잔칫날이었다. 아침부터 동네 아저씨들이 모여들어 서로가 맡은 일을 확인하고 논으로 나가면 아낙들은 집 마당에 무쇠솥을 걸고 음식 장만을 했다. 새참으로 내갈 국수를 채반 가득 삶고 육수를 내고 점심 밥상을 상다리가 휘어지게 차렸다. 그저 밥심으로 일한다는 생각에 고봉밥을 담고 수시로 먹을 음식을 만들어냈다. 이날만큼은 일 년 농사 중 아버지가 흘린 땀방울이 결과를 내는 날이었다. 볏가마니를 가득 싣고 경운기가 딸딸딸 소리를 내며 집으로 돌아오면 우리 가족은 모두 아버지의 얼굴을 살폈다. 그리고 며칠 후엔 자식들 손에 일일이 용돈이 쥐어졌다.

이 밖에도 마당에서 메주콩 타작이 이루어졌다. 콩알이 달아나지 않도록 마당 곳곳에 멍석을 깔고 틈을 막지만, 어김없이 며칠 후 돌아보면 곳곳에서 콩알이 눈에 띄었다. 들깨를 털고 막바지 겨울 준비로 김장할 배추와 무를 수확하는 것으로 한해 농사는 얼추 끝을 맺었다.

언제나 바쁜 가을날이었지만 그래도 부모님은 늘 웃으셨다. 아침이면 가을볕에 마당 가득 멍석을 깔고 옥수수를 널었다가 저녁이면 해가 서산을 넘어가기 전에 거둬들이는 일을 몇 날 며칠 반복해도 힘든 내색을 절대 하지 않으셨다. 옥수수를 잘 말려야 상품 가치가 높아지고 그러면 좋은 가격에 팔아 공부 잘하는 오빠의 학자금을 댈 수 있기 때문이었다. 더불어 여름내 흘린 땀방울을 곳간에 들여놓고 올망졸망 자식들과 따뜻한 겨울을 날 수 있으리라 마음도 흐뭇하셨으리라.

지금은 두 분 모두 일손을 놓으셨다. 그래도 종종 그 시절을 회상하곤 그때가 좋았노라 하신다. 언제나 늘 종종걸음치며 바삐 사는 게 뭐 그리 좋았냐고 되물으면 또 말씀하신다. 당신께서 이른 새벽 밭에 나가면 자식들 학비가 생기고 밤 늦도록 일을 하면 남에게 손을 안 벌려도 된다는 것이다. 이른 봄부터 논으로, 밭으로 종횡무진 눈코 뜰 새 없는 계절을 겪어내지만, 거둬들이는 수확의 기쁨이란 직접 겪어보지 않고는 표현할 수 없는 그 무엇임을 부모님은 깊어가는 가을 속 들녘에서 몸소 일러 주셨다.

엄마 생각

서울에서 대학을 다니고 있는 아들이 모처럼 집에 왔다. 푸릇푸릇 초록이 번지던 봄날에 상경한 후 한층 깊어진 눈빛을 담고 내려왔다. 방학도 했고, 엄마도 보고 싶고, 아빠와 술 한 잔도 하고 싶었다며 아이는 너스레를 떨었다. 오랜만에 부모품을 찾아온 녀석이 첫눈만큼이나 반가운데 한해의 마지막 날과 새해의 첫날을 함께하니 더할 나위 없다.

퇴근과 동시에 아이가 좋아하는 것으로 장을 봐왔다. 쌀을 씻어 안치고 묵은지로 덮은 갈비찜도 냄비에 올렸다. 지난 주 지인으로부터 얻은 알배추를 꺼내 통깨를 듬뿍 넣고 겉절이도 무쳤다. 집 밖에서 해결하는 삼시세끼가 오죽할까 싶어 아들 입맛에 딱 맞는 따뜻한 집밥을 차려주고 싶었다. 우리 가족은 모처럼 완전체가 되어 온기로 가득한 식탁 앞에서 송구영신을 함께했다. 그 옛날 나의 엄마가 자식들과 그러했듯….

엄마는 늘 한해의 끝이 보이기 시작할 즈음이면 며칠에 걸쳐 집

안을 쓸고 닦으며 대청소를 하셨다. 부엌의 선반 위 해묵은 그릇들을 꺼내 반짝반짝 윤을 냈고 장롱 속 이불을 모두 끌어내 노루 꼬리보다 짧다는 겨울 볕에 널어 먼지를 털어낸 후 널고 접기를 수일 반복했다. 그리고 직접 농사지은 재료로 온갖 음식을 만들어놓고 객지에 나가 있는 자식들을 불러들였다.

아버지가 가마솥을 걸어놓은 맨 끝방 아궁이에 불을 지피면 엄마는 한나절 두부를 만들고 또 하루는 엿기름 물을 졸여 조청과 엿을 고았다. 집 근처에 있는 오래된 방앗간에 들러 가래떡을 뽑아오는 것도 꼭 송년의 마지막 날 아침이었다. 저녁에는 김장김치와 두부를 다져 만두를 빚고 꾸덕꾸덕 굳은 가래떡을 어슷하게 썰어 함께 끓여내 온 가족을 밥상으로 불러 앉혔다. 푸짐한 만둣국 한 그릇은 지난해의 고단함은 잊게 하고 새해에는 무슨 일이든 할 수 있을 것 같은 힘을 주는 마법과도 같은 음식이었다. 엄마의 수고로움이 고스란히 녹아든 밥상이라 그런지 이상하게도 밖에서 먹는 밥은 아무리 먹어도 허기가 지는데 엄마가 차려주는 밥상은 늘 그렇게 배가 불렀다.

엄마에 대한 또 다른 새해 첫 기억은 이른 새벽 집을 나서는 풍경이었다. 머리에는 무언가를 잔뜩 이고 대문 밖을 나선 후 몇 시간 후에야 들어오셨다. 어찌나 이른 시간인지 시계를 보지 않으면 흡사 한밤중 같았다. 유년을 한참 벗어난 뒤에야 그날은 엄마가 마을 앞산에 있는 절에 다녀오신 것임을 알았다. 식구들도 잠들고 마을도 잠들고 세상 모두가 잠든 이른 새벽, 새해의 첫 길을 걸어 엄마는 절에 가셨다. 절 입구에 도착하면 설핏 해가 서서히 꽃처럼 피어오르는 시간이었단다. 엄마는 이고 온 쌀자루를 시주로 내려놓으며 부처님께, 산신께, 그리고 떠오르는 해를 바라보며 온 가족의 안위를 기원했단다. 그렇게 오랜 세월 홀로 묵묵히 해돋이를 하셨고 그 정성인지 자식들은 저마다의 길을 곧게 걸었다.

동서양을 막론하고 예나 지금이나 '엄마'는 누구에게나 뜨거운 이름이지 싶다. 지금도 새해가 되면 가장 먼저 엄마를 생각한다. 그리고 엄마를 닮아간다. 한해를 온 가족들과 든든한 집밥 한 그릇으로 시작하고 백 마디 말보다는 따뜻하게 손을 한번 더 잡아주며 늘 집안을 온기로 채워놓아 객지에서 고단했을 아들에게 힘을 준다. 이 모든 것을 엄마에게 배웠다. 엄마는 그렇게 오랜 세월 나의 학교였고 교실이었으며 스승이었다.

새를 날리며

드디어 아들이 집으로 돌아왔다. 훤칠한 키에 단단한 어깨를 으쓱이며 얼굴은 거뭇거뭇 건강한 모습이었다. 대한민국 남자라면 누구든 피해갈 수 없는 입영통지서를 받던 날이 엊그제 같은데 어느새 세월은 화살의 속도로 전역의 날을 맞이하게 된 것이다.

늘 직장 업무에 시달리는 남편으로 인해 금쪽같은 아들과는 어려서부터 많은 시간을 공유했다. 녀석도 남편보다는 내게 이것저것 소소하게 말을 많이 걸어왔다. 일곱 살 때 근처 공원에서 자전거 타는 법을 가르쳤고, 꽃가루 알레르기가 심해 해마다 봄이 되면 아이를 데리고 병원을 내 집처럼 드나들었다. 그래도 녀석은 건강하고 사랑스럽게 자라주었다. 어버이날이면 카네이션을 사들고 와 이벤트를 해주었고, 생일이면 직접 꾹꾹 눌러쓴 손편지를 써서 내밀곤 했다. 불면 날아갈까 귀히 키운 녀석이 봄날보다 더한 따뜻함으로 살가움을 드러낼 땐 세상에서 가장 행복한 엄마가 되었다.

고등학생이 되고 아이와 함께하는 시간은 이제 절반으로 줄어들었다. 수험생의 신분 앞으로 따라붙는 시험 압박은 그 시절을 지나온 사람이라면 누구든 고개를 끄덕이게 되지 않던가. 깨알 같은 수다를 늘어놓으며 참새처럼 재잘대던 아이는 온데간데없이 사라졌다. 그 빈자리를 무뚝뚝함으로 채워버린 아이에게 더러는 서운함도 있었지만, 그저 참고 기다리기로 했다. 어떤 경우라도 부모 눈에 자식이란 하늘이고 땅이고 우주이기에.

질풍노도의 시기를 고슴도치처럼 까칠하게 보내고 나니 어느새 성년이 되었다. 멀리 타향에서 학업을 이어가며 아들과의 거리는 전보다 더 멀어졌다. 온실 속 꽃 같은 얼굴은 이제 두어 달에 한번 정도 볼까말까의 처지에 놓였다. 급기야 아들이 집으로 내려오기를 기다리기보다는 이것저것 바리바리 먹거리를 싸들고 상경하는 쪽을 택했다. 남편은 다 큰 자식을 뭘 그리 걱정하느냐며 마땅찮은 표정이지만 부모라는 이름을 달아준 녀석에게 이까짓 수고로움은 비할 바가 아니었다.

아들이 군에 입대하던 날은 가을과 겨울의 경계에 있던 때였다. 충남 논산으로 녀석을 데려다주는 길목에는 나무마다 주홍빛 감이 외등처럼 매달렸는데 아름다운 풍경 뒤로 심산함이 일었다. 코로나가 절정에 달해 있던 시기라 훈련소 입구에 애만 내려주고 돌아오는 길, 왠지 모를 허허로움에 근처 커피집에 들어가 긴 시간 앉아 있었던 기억이 아련하다. 그러나 아들은 걱정과는 달리 훈련소 이야기를 적어 자주 편지를 써서 보내왔다. 가장 많은 손편지를 받아본 시기였다. 때로는 문명의 속을 거슬러 느린 속도로 돌고 돌아와 받는 편지 한 장의 따뜻함을 몸소 겪은 시간도 그리 나쁘진 않았다.

어제는 멀리 제주에서 연락이 왔다. 잘 지내고 있다는 문자와 함께 한라산 백록담 정상에서 찍은 사진을 보냈다. 제대 후 아들은 제주에서 혼자 한 달 살아보기로 했다며 지난 주 홀로 비행기를 탔다. 가을학기 복학하기 전까지 남은 시간, 엄마표 집밥도 많이 해먹이고 소소한 일상을 함께 나누고 싶은데 녀석은 어느새 새로운 세상을 향해 날고 있다. 엄마로서 해줄 수 있는 것은 이제 많이 없어 보인다.

어느 시인이 쓴 「꽃다발 묶는 것처럼」에는 "새 한 마리 손 안에 쥐었다 하자. 내 삶에 꽃 같은 사람을 만날 때, 그 인연과 오래오래 나를 묶고 싶을 때"라는 구절이 있다. 녀석을 생각할 때마다 이 시를 떠올린다. 어디에서든 건강하고 따뜻한 품성만 간직하면 된다고 마음을 다진다. 그리고 적당한 거리로 바라만 보리라. 그저 가끔 여자친구 상담을 물어오면 반갑게, 녀석의 결혼식에 고운 한복을 입고 초에 불을 켜는 즐거운 미래를 꿈꾸는 것. 그렇게 나는 지금 내 안의 새 한 마리를 창공 높이 날려보내고 있다.

달빛이 가장 좋은 밤

추석이 다가올 즈음이면 엄마는 며칠 전부터 분주한 나날을 보냈다. 집안 여기저기 구석구석 먼지를 털어내느라 하루를 소비하고 다락방에 쌓아둔 제수용품을 마당으로 끌어내 반질반질 윤을 내느라 또 하루를 소일했다. 몇 종류의 김치를 담그고 명절날 차례상에 올릴 음식 재료 준비 등 엄마의 젖은 손은 하루도 마를 새가 없었다. 얼룩진 앞치마는 당신의 허리춤을 감싸고돌아 마치 제집인 양 언제나 떠날 줄을 몰랐다.

오래된 옛집의 낡은 문에 창호지를 새로 바르는 일에도 또 하루가 들어갔다. 가을볕이 가장 맑고 좋은 날에 엄마는 유난히 이 일에 공을 들였는데 아버지가 방마다 문을 떼어 마당에 펼쳐놓으면 엄마는 능숙한 솜씨로 빛바랜 창호지를 벗겨냈다. 그리고 누워 있는 문살을 향해 입안 가득 물 한 모금을 물었다가 내뿜어 누런 창호지를 벗겨내는 일은 언제나 내 눈을 반짝이게 했다. 가을 햇빛과 맞닿아 일곱 빛깔 무지개를 탄생시키는 재주가 언제 보아도 신기神技에 가까웠다. 그렇게 어린아이 세수하듯 말끔히 벗겨낸 문살에 엄마는 아버지와 호흡을 맞춰 양쪽 균형을 잡아가며 새 창호지를 발랐다.

하얗게 새 옷으로 갈아입은 문들을 햇빛 속에서 뉘여 말리는 동안 엄마는 대문 밖 길가에 흐드러진 색색의 코스모스를 따와 마지막 작업을 하셨다. 그것은 바로 문고리 주변에 수를 놓는 일이었다. 코스모스 잎을 한 장 한 장씩 떼어 꽃 모양으로 내려놓은 다음, 쓰고 남은 자투리 창호지를 덧대어 바르는 일은 엄마가 심혈을 기울이는 중요한 일이었다. 그 일에 집중하고 몰두하는 엄마 옆에 쭈그리고 앉아 손을 턱에 괴고 일이 모두 끝날 때까지 나는 구경을 했다. 문창살에 꽃잎을 수놓는 그 순간 엄마의 눈은 햇빛처럼 반짝거렸다. 꽃잎 한 장을 내려놓을 때마다 숨이 멎듯 바람도 숨죽여 고요했다. 붉은 꽃잎을 얹어보았다가 다시 연분홍 꽃잎을 올려보고, 무언가 아쉬운 듯 나뭇잎으로 바꿔보기도 하며 여러 번 반복했다. 당신의 마음에 들게 꽃잎이 자리를 잡으면 엄마는 비로소 만족스러운 듯 나를 한번 쳐다보곤 일을 마무리하셨다. 엄마의 수고로움으로 방문마다 조금씩 다른 문양과 색의 꽃들은 겨우내 우리 집안을 화사하게 봄처럼 만들어주었다.

내가 유년기를 넘기고 학창시절 어느 즈음엔가 대대적인 집수리가 있었다. 가장 먼저 흙담집에 빨간 벽돌 옷을 덧입혀 외관을 갖추고 마루에는 커다란 창문을 달아 거실을 만들었다. 그리고 전체 분위기에 걸맞게 방마다 하얀 창호문 대신 튼튼한 갈색 나무 문짝으로 갈아끼웠다. 이제 더는 엄마는 창호지를 새로 바르지 않아도 되었다. 꽃잎을 이리 놓을까, 저리 놓을까 고개를 갸웃하던 모습도 그 날 이후 사라졌다.

지금도 길가에 코스모스가 피어나고 추석이 다가오면 떠오른다. 바람이 청량한 어느 가을, 햇빛 가득한 마당 한가운데 나란히 앉아 함께 창호문에 코스모스를 수놓던 시간, 엄마의 얼굴에 유독 생기가 돋던 때, 그 옆에서 함께 숨을 고르던 그때가 좋았다. 하루에도 열댓 번씩 여닫는 방문에 늘 피어 있던 꽃, 그 꽃잎의 그림자는 달빛이 가장 좋은 밤에 나의 방문을 타고 넘어와 내가 덮은 이불 위에 수를 놓으며 정점을 찍었다. 가만히 손을 내밀면 내 손등 위에도 내려앉은 꽃잎들…. 엄마는 언제나 하루를 일 년처럼 고단한 삶을 사셨지만 늘 시간과 공간의 틈 사이사이로 내게 아름다운 감성을 많이 심어주셨다. 돌아보니 내 생에 가장 큰 자산이고 정신적 유산이었다.

아버지의 집

아버지를 모시고 당일치기로 여행을 다녀왔다. 여행이라기보다는 그 옛날 아버지가 부모님을 모셨고 올망졸망 자식들 키우며 살던 고향을 돌아보고 왔다.

얼마만의 고향나들이인가. 며느리도 사위들도 끼워넣지 않고 오로지 시간이 되는 자식들만 동행했다. 남동생이 운전하고 나는 아버지 옆에 앉아 참새 노릇을 했다. 이것저것 준비한 간식거리를 내밀며 종알종알 옛이야기를 꺼내 추억을 소환해내는데 아버지의 눈빛은 줄곧 창 너머 바깥 풍경에 가닿아 있었다.

두 시간 남짓 차를 몰아 도착한 고향 마을은 변해 있었다. 마을을 지키는 입구의 커다란 등나무는 여전히 초록의 잎을 달고 바람결에 춤을 추는데 구불구불 정겹던 논들은 어느새 바둑판 모양으로 질서가 정연했다. 아버지가 사셨고 내가 뛰놀던 우리의 옛집 역시 새 주인을 만나 적잖이 바뀌었다. 아담했던 흙 마당에는 푸른 잔디가 깔렸고 돌멩이를 쌓아올린 담장 대신 높이 쳐진 연둣빛 펜스 사이로 붉은 장미가 한껏 뽐을 내고 있었다. 그나마 대문 사이로 간간이 보이는 장독대 옆에는 여전히 작약이 화려하게 빛나고 있었다.

몇 해 전 이맘때 아버지는 이 집에서 갑자기 쓰러지셨다. 엄마의 말을 빌리자면 다음날은 모를 심기로 되어 있어서 당일엔 논을 삶느라 저녁 늦게까지 일을 했단다. 밤이 깊어서야 늦은 저녁을 먹고 잠자리에 들었는데 새벽녘에 일어나다가 그대로 쓰러졌다는 것이다. 이후로 아버지는 집을 떠나 병원에서 거의 살다시피 하셨다. 한때 잠깐 병세가 좋아져 집으로 돌아온 적도 있지만 얼마 되지 않아 또다시 쓰러져 결국 요양병원으로 모셨다. 머릿속 혈관들이 시한폭탄처럼 얽혀 언제 다시 터질지 모르는 형국이라는 의사의 소견은 참으로 무섭고 두려웠다. 결국 시골에서의 모든 삶을 정리하고 엄마도 시내로 보금자리를 옮겨드렸다. 근처에 오빠 내외가 살고 있으니 자주 들여다볼 수 있고 무엇보다 혼자 그 많은 농사를 감당할 수 없었다.

아버지의 남은 생이 그렇게 병원에서 채워가던 중 코로나가 시작되었다. 주말마다 자식들이 드나들던 만남이 정지되고 아버지는 섬 안에 갇혀버린 형국이 되어버렸다. 급기야 지난 겨울 확진까지 받아 몇 날을 고열과 인후통에 시달리며 생사의 고비를 넘긴 끝에 지난 달에야 겨우 면회가 시작되었다. 한껏 수척해진 얼굴만큼이나 글썽글썽 눈물을 보이는 아버지를 대면하며 자식들은 절망했다. 밖으로 드러나는 질병에서는 자유로울지언정 마음에 내려앉은 상처는 여전히 남아 있었다. 그리고 어느 날 딱 한번만 고향에 가보고 싶다는 말씀이 돌덩이로 내려앉았다. 외출은 절대적으로 위험하다는 병원 측의 완강함을 무릅쓰고 결국 아버지의 손을 잡고 길을 나선 것이다.

아버지는 휠체어에 앉은 채 멀리서 이제는 남의 집이 된 초록 대문을 오래도록 바라보셨다. 나도 덩달아 어린 시절 수없이 드나들었던 나의 옛집에 눈이 갔다. 이맘때 새벽이면 모내기를 끝낸 논의 물을 보느라 언제나 삽 한 자루를 어깨에 둘러메고 집을 나서던 아버지의 뒷모습, 바깥일을 살피고 돌아오면 사락사락 싸리비로 마당을 쓸었고 부엌에선 달그락달그락 엄마의 아침밥 짓는 소리, 햇빛을 받아 반짝이는 집 앞 도랑물…. 하루에도 수없이 걸어다녔던 수년 동안 켜켜이 쌓였던 지난 시절의 추억들이 곳곳에 참 많다. 계절이 바뀌듯 그 시절이 다시 돌아올 수 있을까. 아버지에게 집이란 무엇이었을까.

하루만의 짧은 고향나들이 뒤로 아버지의 얼굴엔 생기가 돌았다. 자식들은 내일 어떤 좋지 않은 일이 생기더라도 오늘 하루 아버지 얼굴에 환한 미소가 번졌다면 그것으로 되었다. 좀 더 욕심을 내자면 아버지의 오늘 이 하루가 남은 생을 굳건히 견뎌내는 힘이 되기를, 그래서 좀 더 가벼운 삶이 되시길….

제3부
오래된 마당

봄의 소리

나는 유년시절을 시골에서 보냈다. 시골의 봄은 모름지기 꽃보다 나물이었다. 겨우내 얼어 있던 땅속의 기운이 녹아내리면 할머니와 엄마를 따라 들로 나가 쑥이며 냉이, 달래를 캤고 졸졸 흐르는 개울물 틈에서 돌미나리를 뜯었다. 할머니는 달래를 깨끗한 물에 여러 번 씻어 흙을 말끔히 없앤 다음 도마에 놓고 다져 뚝딱 만능 초간장을 만드셨다. 온통 봄볕으로 가득한 마루에 앉아 휴대용 가스레인지에 엄마가 향긋한 미나리전을 부쳐내고 그 옆으로 초간장을 살포시 놓으면 그야말로 환상의 궁합이었다. 어느새 식구들은 엄마 앞으로 옹기종기 모여들어 들에서 캐온 봄을 먹었다.

사월이 오면 집집마다 한두 그루씩은 있는 과실수가 꽃을 피웠다. 옆집에는 살구나무가 한 그루 번듯하게 서서 우리 집을 향해 가지를 뻗었는데 덕분에 봄철 내내 우리 마당이 화사했다. 봄바람을 타고 꽃잎이 흩날리거나 비라도 내려 꽃잎이 떨어지는 날에는 우산을 쓰고 나무 밑에 주저앉아 오롯이 꽃비를 맞아보기도 했다. 철마다 열두 폭 화첩을 펼쳐놓은 듯 그림 같던 나의 옛집. 햇살이 깊은 날이면 엄마는 늘 마당을 가로질러 빨래를 널었고 나는 빨래 그늘 밑에서 책을 읽었다.

이래저래 고향을 떠나산 지 수년이 되었다. 가정을 꾸리고 아이를 키우며 직장생활에 매달려 하루하루 숨가쁘게 살았다. 열심히 살아낸 덕에 물질적 풍요로움은 이뤄냈지만 채운 만큼 잃어가는 것도 적잖이 생겼다. 자연에서 얻어낸 쑥으로 절편을 만들어주던 할머니는 오래 전 자연의 품으로 돌아가셨고 사월이면 어김없이 장을 담그고 장독대를 건사하던 어머니마저 이제 그 기운이 날로 쇠하셔서 걷기조차 힘에 부친 듯하다. 봄철 농사일에 매달려 평생 분주하던 아버지 역시 대부분 시간을 집안에서 소일한다. 삼대가 모여 함께 나물을 뜯던 들녘에는 몇 해 전 둘레길이 생겼다.

찰나 같은 봄의 기억들이 새록새록 뒤를 돌아보게 한다. 오래도록 잊히지 않는 내 삶의 풍요로운 시간이었다. 세월이 흘러 어른이 되고 글쟁이로 살다보니 이 모든 추억은 오늘날 나에게 큰 자산이 되었다.

올해도 어김없이 다시 돌아온 봄이 사방에서 아우성이다. 어디에 그리도 많이 숨어 있었던지 이곳저곳에서 꽃들이 제 존재를 유감없이 드러내며 향기를 뽐내고 있다. 거친 가지 끝마다 노란 빛의 작은 산수유는 봄의 전령사가 분명하다. 언 땅을 헤집고 온 힘을 다해 고개를 내미는 민들레는 지난 밤 하늘에서 내려와 밤새도록 놀다 미처 오르지 못한 싸라기별 같고 벽돌담 너머 이웃집 하얀 목련은 가족을 위해 안주인이 켜놓은 외등을 닮아 있다. 겨우내 찬바람을 막아내며 고군분투하던 나무들도 초록의 향연을 펼친다.

금아 피천득 선생은 「봄」이라는 수필에서 "민들레와 바이올렛이 피고 진달래와 개나리가 피고, 복숭아꽃과 살구꽃 그리고 라일락과 사향장미가 연달아 피는 봄, 이러한 봄을 사십 번이나 누린다는 것은 적은 축복이 아니니다"라고 했다. 피천득 선생이 보아온 사십 번의 축복 가득한 봄을 넘어 어느새 그에 열 번을 더한 지천명의 시간을 건너고 있는 나의 봄은 선생의 봄보다 훨씬 더 큰 축복이 아닐지. 하루하루 소생하는 모든 자연이 다 아름답다.

눈이 부시게 아름다운 봄, 그러나 마음껏 취할 수 없는 코로나라는 암초를 달고 온 이 봄, 그래도 삶의 속도를 잠깐 늦추고 익어가는 봄의 소리에 귀 기울여본다. 민들레 한 송이가 피어나 몇 겹의 홀씨를 날려 새로운 탄생을 예고하듯, 거친 땅을 뚫고 머리를 내밀어 제 몫을 다하는 새싹들처럼 그렇게 또 한번의 봄을 값지게 받아들여본다. 삶이란 목걸이를 하나 만들어놓고 여기에 진주를 하나씩 꿰는 과정이라고 했다. 한 알의 귀한 진주가 잉태될지도 모른다.

할머니의 채송화

봄은 꽃으로 완성된다고 했던가. 눈 닿는 곳곳마다 벚꽃잎이 바람결에 싸락눈처럼 흩날린다. 늘 오가는 길목에 어제는 노란 민들레 한 송이가 존재를 알리더니 오늘은 보랏빛 제비꽃이 밤새 피어나 걸음을 멈추게 한다. 출근하는 길 옆이 온통 꽃으로 에두른 아름다운 봄날이다.

오늘은 유치원에서 아이들과 함께 '봄꽃 심기' 활동을 한다. 봉선화, 나팔꽃, 채송화 등 봄에 피는 꽃에 대해 알아보고 씨앗 심는 방법을 가르친다. 아이들은 저마다 작은 화분을 앞에 놓고 고사리 같은 손으로 모종삽을 이용해 흙을 담고 꽃씨를 심을 것이다. 물뿌리개로 물을 흠뻑 먹이고 나면 이제 햇빛이 잘 드는 창가에 올려놓아 하루하루 초록 머리를 내밀 때까지 기다리면 된다.

봄이 오면 해마다 빠뜨리지 않고 하는 이 활동을 나는 참 좋아한다. 자신들의 화분에 톡톡 튀는 이름표를 달아주는 작은 손놀림이 귀엽고 '나만의 화분'을 갖게 된 아이들의 자랑스러워하는 눈빛들도 좋다. 그리고 유독 꽃을 사랑했던 내 유년의 할머니를 해마다 잊지 않고 추억할 수 있어 좋다.

동구 밖 사오 리까지 모르는 이가 없을 정도로 할머니는 유명하셨다. 할머니는 봄이면 들에 나가 나물을 뜯어말리고 겨울이면 종종 산에 올라 덫을 놓고 토끼며 꿩을 잡아 어깨에 둘러메고 내려오곤 하셨다. 앞산이며 뒷산을 돌며 마른 땔감을 한 짐씩 해 머리에 이고, 해가 어둑어둑해서야 산허리를 돌아 내려오시니 동네 사람들은 할머니를 여장부라 칭했다.

항상 그렇게 괄괄하고 저돌적이며 외향적인 할머니에게도 한 가지 여성스러운 취미가 있었으니 그것은 바로 꽃을 가꾸는 일이었다. 집이 시골이라 주위엔 온통 풀과 나무가 꽃과 어우러져 형형색색 철마다 훌륭한 정원이 조성되어 있었건만 앞마당은 물론 장독대며 대문 앞까지 철마다 안으로 밖으로 꽃을 심으셨다.

그 중에서도 가장 아끼는 꽃이 채송화였다. 키가 작아 나약해보이지만 한여름 가뭄에도, 척박한 땅에서도 거뜬히 잘 자라는 꽃. 할머니는 어느 곳에서든 햇살만 있으면 누군가 돌봐주지 않아도 씩씩하게 피어나는 그 품새가 좋다며 해마다 채송화를 심었다. 우리 집 앞은 물론이고 마을 어귀까지 온통 채송화로 길을 만들어놓던 모습이 길을 걷다 우연히 채송화를 보면 어김없이 생각난다.

할머니의 기억은 한여름 빗속에도 있다. 늘 들로 산으로 온통 흙투성이 차림인 채 자연과 함께 바빴던 할머니가 그나마 잠시 쉬어가던 때는 바로 장마철이었다. 하늘에 구멍이라도 난 듯 비가 쉴새 없이 쏟아지는 날이면 당신께서는 마루에 앉아 손에는 곰방대를 쥐고 시선은 무심히 마당에 머물렀다. 그리고 일 년 중 가장 많은 담배를 피우셨다. 쉬지 않고 내리는 장맛비와 숨을 쉴 때마다 위로 솟아오르는 담배 연기 사이로 할머니는 무슨 생각이 그리도 깊으셨던지 어느 때엔 한나절씩 자리를 떠나지 않기도 했다.

할머니가 돌아가시고 난 후에도 마당에는 여전히 채송화가 피어났다. 그리고 어느 봄날인가 장독대 그늘진 곳에 아무렇게나 피어난 채송화 몇 송이를 화단으로 옮겨 심고 있는 엄마로부터 할머니의 꽃 사랑에 얽힌 비화를 전해들었다. 할머니는 살아생전 자식 열을 낳아 여섯을 땅에, 그리고 당신 가슴에 묻었단다. 몇 해에 걸쳐 퍼진 돌림병으로 올망졸망 어여쁘던 자식들을 잃었는데 낳은 것 같지도 않고 이름도 기억나지 않는 그 여섯 자식이 채송화를 보고 있으면 생각난다는 것이었다. 비가 많이 내리는 철이면 허망하게 보낸 자식들처럼 키도 작고 여려보이는 채송화가 빗물에 쓸려갈까, 눈이 간다는 이야기가 훅하니 마음에 들어앉았다. 가난했지만 따뜻한 품 안에서 서너 해를 보듬고 키운 자식들을 잃었을 때 할머니의 시간은 어땠을까.

채송화의 계절이 돌아오면 생각나는 나의 할머니. 먼저 간 자식을 대신에 평생 마음을 주었던 채송화 대신 이제는 하늘에서 그리운 자식들을 만나 꽃처럼 그리 곱게 지내시길….

집 안에서

아이들과 생활하는 유치원 앞마당에 해를 품은 여름꽃이 만발이다. 따스한 봄날 담장 아래 심은 해바라기 씨앗이 자라 어느새 초록 잎 사이로 반짝반짝 얼굴을 내밀고, 지난해 떨어졌던 나팔꽃 씨앗도 새싹으로 돋아나 줄기를 만들고 창문을 타올라 교실 너머 안을 들여다본다. 백일 동안 붉게 핀다고 해서 이름 붙여진 '백일홍'은 여름을 대표하는 꽃답게 올해도 어김없이 울긋불긋 흐드러지게 피었다.

멀리 창밖 들녘엔 온갖 여름 곡식들이 햇살의 기운을 머금으며 자라고 있다. 어느 농부의 논에는 봄부터 여름내 심고 가꾸고 길렀을 벼들이 푸르게 자라 거대한 초원을 연상케 한다. 밭에도 작물은 자라 하늘 향해 높이 솟은 옥수수가 알알이 영글어 튼실한 것이 조만간 누군가의 일용한 간식거리가 될 것 같다. 그야말로 눈부시게 화창한 여름의 색이 도드라지는 성장의 계절이다.

바야흐로 사람들에게는 휴가의 계절이 돌아왔다. 본격적인 무더위 시작으로 누구나 바다로 계곡으로 휴가 계획을 세우는 여름이다. 그러나 올해는 휴가를 가야 하나 말아야 하나 깊은 고민에 빠졌다. 여전히 코로나에 델타 변이 바이러스 재확산까지 겹쳤으니 마스크를 던져버리고 홀가분하게 여행을 떠날 수도 없고 결국 집으로의 휴가를 결정하고 휴식으로 마음을 정해본다.

당唐나라 시인 백거이白居易는 그의 시 「소서消暑」에서 여름날 더위를 이겨내는 방법을 읊었다. 집 안에 머물며 마음으로 주변을 돌아보면 생각보다 집 안은 여름 더위를 견디기에 좋은 장소라는 것이다. 그 뒷받침으로는 집 안을 비우고 온갖 잡다한 마음의 상념을 지워야 함을 조건으로 했다. 결국 '더위'라는 것도 저마다 마음먹기에 따른 것이란다. 쓸데없는 일에 과욕하지 않고 마음을 고요히 비우는 것이야말로 더위를 이기는 방법이라는 것에 공감이 많이 갔다.

지난 이맘때에는 코로나로 인해 휴가를 떠날 수 없어 여행비를 털어 박경리 선생의 대하소설 『토지』를 구매했다. 총 스무 권으로 엮어져 있고 두께도 꽤 있어 읽기에 부담이 있었지만 완독해보기로 했다. 내용이야 어느 해인가 대하 드라마로 텔레비전 방송에서 방영되어 열렬한 시청자로서 모두 알고 있으니 이번에는 한 줄 한 줄 문장에 집중해보기로 했다. 읽으며 마음을 흔드는 문장이 나오면 줄을 긋고 노트에 필사하면서 그해 여름이 물러가기 전 드디어 완독했다. 온 가족이 여름마다 떠나던 바다 풍경의 즐거웠던 추억 못지않게 책 스무 권을 내 것으로 만든 것에 흐뭇했고 더위도 가뿐히 이겨냈다.

올해도 작년과 별반 다를 것 없는 여름, 무더위가 연일 기승을 부리고 있다. 더위를 피해 집 밖으로의 화려한 여름휴가는 내년을 기약해야 할 것 같다. 여전히 물러설 기미를 보이지 않고 있는 코로나에 꼼짝없이 발목이 잡혔으니 어쩌겠는가. 피할 수 없으면 즐기라고 작년처럼 집 안에서 즐겁게 무더위를 이겨내는 방법을 고민해본다. 무슨 일이든, 어떤 상황이든 마음먹기 나름이라지 않던가.

그 여름의 잔해

유년시절 할머니는 절기상 하지가 지나면 서둘러 감자를 캐야 한다며 온 식구들을 밭으로 불러세웠다. 이제 곧 장마가 시작될 것이니 하루라도 빨리 감자를 캐서 비에 젖지 않도록 보관해야 한다는 것이다. 비에 젖은 감자는 금세 썩어버리니 힘들게 지은 일용할 양식을 버리는 것과 마찬가지라는 지론이셨다. 그렇게 하지와 장마는 비슷한 시기에 서로 맞물려 시작되곤 했다.

오래된 시골 농가 주택이니 광이며 집안 천장에 서생원들이 살았다. 쥐를 잡기 위해 한 집 걸러 고양이를 키웠는데 할머니께서는 이때에도 당신의 오랜 삶의 촉과 감으로 장마에 대비하셨다. 봄이면 어김없이 찾아와 처마 밑에 집을 짓고 새끼를 치는 제비를 보면서 장마를 가늠하셨다. 제비가 둥지에 있지 않고 자주 마당을 낮게 날면 우기가 가까이 왔다는 뜻이고, 평소에 조용하던 고양이가 돌아다니며 울기 시작하면 조만간 비가 올 징조이니 미리미리 대비해야 한다며 집 주변을 단속하셨다.

노인 한 사람이 세상을 떠난다는 건 대형 박물관이 불타 없어진다는 것과 같다는 말이 있다. 요즘처럼 대중매체가 활발한 시대에는 그저 웃고 넘길 지나는 이야기 같지만, 장마철이 도래하고 비가 많이 내리면 어린 시절에 들었던 할머니의 말씀이 습관처럼 되살아난다.

예년보다 늦게 시작된 장마가 길게 이어지며 잔인한 폭우를 동반했다. 어느 지역에선 산사태로 평생을 함께한 집을 잃었고 수년 동안 아무 이상 없이 잘 가꿔온 마을 전체가 사라졌다. 전화기에는 불이 나기 시작했다. 이곳저곳 지인들로부터의 하소연이다. 제법 자란 고추 무게에 줄기가 쳐지지 않도록 지지대에 줄을 쳐준 지 겨우 한 달이 지났건만 강한 빗줄기에 밀려 내려온 토사로 모두 묻히고 말았단다. 또 어떤 이는 봄부터 땀 흘려가며 실하게 키운 참깨가 많은 비에 쓸려 넘어졌다며 울상이다. 전국 각지에 나가 흩어져 있는 일가친척들이 서로의 안부를 묻느라 정신이 없다.

비 한 방울이 간절했던 때도 있었다. 지난 봄 지인과 함께 주말농장을 계약하고 밭고랑 두 골에 고추를 심었다. 가을철에 수확하면 올 김장에 요긴한 고춧가루가 될까 싶어 시작한 일이다. 옆으로 빈 자투리땅에는 상추를 비롯해 가지 몇 포기, 토마토 서너 그루 등 몇 가지 채소도 심어 여름 휴가철이 다가오면 부모님과 형제들을 불러 모아 가든파티를 할 요량이었는데 제때 비가 내리지 않아 첫 농사가 모두 허사가 되어버렸다.

이제는 이곳저곳에서 빗물이 쓸고 간 흔적으로 상처가 깊다. 백

세를 바라보는 마을 어르신들조차 올해처럼 긴 장마와 많은 폭우는 생전 처음이란 말씀을 하신다. 봄부터 여름내 땀 흘려 키워낸 농작물을 잃어버린 농민들의 한숨이 들려오는 것 같다. 한순간 삶의 터전을 잃고 망연자실 손을 놓아버린 상인들의 울먹이는 텔레비전 속 영상이 내 일처럼 안타깝다. 적당히 필요한 만큼만 내려주면 더없이 고마운 빗물이련만.

모든 일에는 끝이 있듯 장마도 물러가는 때가 있으니 여름다운 뜨거운 햇살이 내리쬐면 우리는 한층 단단해져 장마의 잔해에 맞설 것이다. 상처가 아물고 모든 것이 본래의 자리를 찾으려면 시간이 좀 더 필요하겠지만 천천히 마음을 가다듬고 한 사람 한 사람의 온기 있는 손을 보태 그들의 고통에 분담의식을 가져보자. 서로를 보듬어안는 자세야말로 어려운 시기를 슬기롭게 이겨내는 첫 시작이 될 것이다.

꽃물을 들이며

여름 한낮 유치원 담벼락 아래 소담스레 봉선화가 피었다. 나날이 깊어가는 계절 속에 굵게 줄기마다 힘을 키우고 둥글둥글 초록 잎을 달더니 드디어 꽃으로 완성되었다. 진한 다홍색 꽃송이 사이사이 연분홍 꽃잎이 은은하게 조화를 이뤄 모처럼 마당은 화사하니 꿀벌의 천국이 되었다.

줄기와 가지 사이에서 꽃이 피고 우뚝하게 일어선 형상이 봉(鳳)의 모습과 비슷하다 해서 '상사화'라고도 하고, 뱀이 싫어하는 냄새가 나서 뱀이 가까이 오지 않는다는 의미로 '금사화'라고도 불린다는 꽃, 순수한 우리말로는 '봉숭아'이다. 예로부터 부녀자들이 손톱을 물들일 때 많이 사용했고 첫눈이 올 때까지 봉숭아 꽃물이 남아 있으면 첫사랑이 이루어진다는 말도 있다.

봉숭아꽃이 한창 고울 때면 오래 전에 돌아가신 할머니가 어김없이 소환되는 추억의 한 조각. 비가 많이 내리는 장마철이면 잠시 뜸하니 농사일에서 벗어나 빗물 떨어지는 처마 끝 툇마루에 앉아 나의 손톱에 물을 들여주셨다. 고사리만 한 작은 손을 당신의 무릎 위에 올려놓고 손톱마다 조심조심 방금 빻은 붉은 꽃물을 올려주던 기억, 곱게 잘 물들어야 한다며 비닐을 씌우고 명주실로 묶어주던 추억이 새록새록 어제인 듯 가깝다.

점심을 먹고 난 후 아이들과 함께 마당으로 산책을 나왔다. 봉숭아꽃을 보더니 한 녀석이 예쁘다며 손으로 꽃을 쓰다듬는다. 평소에도 궁금한 것이 많은 다른 한 아이는 코를 대고 킁킁 냄새를 맡으며 이름도 물어본다. 눈으로 보고 손으로 느끼며 때아닌 야외 수업이 되어버렸는데 맨 뒤에 서서 따라오던 한 아이가 꽃잎을 따서 손톱 위에 올려놓는 것이 아닌가. 순간 이 아이에게도 봉숭아 꽃물에 대한 기억이 있으려나 곁으로 다가가 슬쩍 물었더니 역시나 엄마가 해준 적이 있다며 배시시 웃는다.

한 아이의 작은 몸짓에 다른 아이들도 덩달아 '나도, 나도'를 외친다. 그리고 어느새 아이들과 둘러앉아 봉숭아 꽃물 들이기를 하고 있다. 이미 꽃밭으로 달려가 꽃잎을 따고 있는 아이도 있고 꽃송이를 빻기 좋은 둥글둥글한 돌멩이를 찾아나서는 아이도 보였다. 삼삼오오 모여앉아 서로에게 봉숭아 꽃물을 올려주는 풍경 너머, 넓은 마당 안 아이들 머리 위로 여름 햇살이 반짝반짝 빛나고 있다.

요즘 즐겨보는 텔레비전 드라마에 이런 대사가 있다. "어린이는 지금 당장 놀아야 한다. 어린이는 지금 당장 건강해야 한다. 어린이는 지금 당장 행복해야 한다." 최근 들어 유아교육과 초등교육 학제 개편안 이슈와 맞닿아 있는 대사처럼 느껴져 마음에서 떠나지 않고 울림으로 남았다. 일찍이 시인 박노해는 그의 시 「부모로서 해줄 단 세 가지」에서 '내 아이가 자연의 대지를 딛고 동물들과 마음껏 뛰놀고, 마음껏 자라고 마음껏 해보며 그 속에서 고유한 자기 개성을 찾아갈 수 있도록 자유로운 공기 속에 놓아두는 일이다'라고 읊었다. 사랑스러운 우리 아이들에게 가장 영향력이 많은 부모는 물론 교사 또는 현 교육의 지표를 작성하는 관리자가 이 시를, 이 드라마 대사를 꼭 염두에 두었으면 싶다. 아무리 더운 날에도 아이들은 마음껏 뛰어놀아야 한다. 더욱이 온몸으로 자연을 느끼기에 한없이 좋은 계절, 여름 아닌가!

꽃을 사랑하고 자연을 즐길 줄 아는 천진난만한 우리 꼬맹이들은 오늘도 봉숭아 꽃잎으로 즐거운 한때를 보내고 돌아갔다. 한 아이가 묶어준 꽃물 들인 새끼손가락을 바라보며 나도 덩달아 눈매가 반달이 되었다. 오래 전 함께 서로의 손톱에 꽃물을 들이며 변치 않는 우정을 맹세하던 옆집 동무들도 생각이 났다. 이 붉은 손톱 하나로 나도, 아이들도 이제부턴 하루하루 첫눈을 기다릴 것이다. 손톱에 꽃물 들이는 건 예나 지금이나 마음 설레는 일이다.

오래된 마당

친정 가는 길. 지금은 자식들 모두 키워 내보내고 노년의 삶을 일구고 계신 부모님의 집은 작은 시골 마을이다. 그래서인지 가는 내내 눈이 즐겁다. 지나는 길마다 선선한 공기를 안고 불어오는 가벼운 바람 속에 주홍빛 감나무가 길가의 색을 더한다. 달콤한 감 맛만큼 사랑스러운 계절이다.

어느새 친정집 대문 안으로 들어선다. 나의 유년을 고스란히 간직하고 있는 넓은 마당 한가운데 가지런히 호박을 썰어 널어놓은 모습이 정갈하다. 빨랫줄을 지탱하고 있는 긴 바지랑대 위에는 잠자리가 앉아 쉬는 모습도 보인다. 어린 시절 어머니는 볕 좋은 날이면 언제나 길게 장대를 세우고 마당 가득 빨래를 널었다. 하늘거리는 빨래 사이를 놀이터 삼아 숨바꼭질하던 시간. 아름다운 추억이었다.

선대로부터 내려온 낡고 오래된 기와집은 아버지께서 수시로 손을 봐 이제는 아늑하고 튼튼한 벽돌집이 되었다. 넓은 앞마당에는 아름드리 감나무 한 그루가 자태를 뽐내며 서 있다. 깔끔한 성품이셨던 할아버지는 마당에 그 무엇도 들이는 것을 싫어하셨지만 이 나무만큼은 예외였단다. 올망졸망 자식들에게 훌륭한 간식거리로 내어줄 즐거움 때문이었으리라. 익을 만큼 익어야 떫은맛이 가시고 달콤한 홍시로 익듯 시간이 흘러야 이해되는 것들이 있다.

할아버지가 돌아가시고 부모님은 텅 비었던 마당을 하나둘 채워가기 시작하셨다. 손수 근처 강가에서 돌멩이를 주워와 진흙과 짚을 섞어 담장을 쌓아올린 것도 이때부터란다.

넓은 마당에는 부엌과 가까우면서 햇볕이 가장 잘 드는 곳에 크고 작은 옹기들을 모아 장독대를 두었다. 봄이면 엄마는 손 없는 날을 잡아 장을 담그고 아침저녁으로 반질반질 윤이 나도록 장독 닦는 일에 정성을 들였다. 볕 좋은 날엔 어김없이 장독 뚜껑을 열어 장을 익혔고 비가 올 것 같으면 뚜껑 닫는 일이 빨래 걷는 일보다 우선이었다. 사람은 한평생 부모가 해준 입맛에서 벗어날 수 없다고 했던가. 안주인의 자부심이 가득한 친정집 장맛은 그야말로 천하일품이었다.

살포시 마당을 안은 듯 둘러싼 담장 밑에는 채소를 길러 먹을 수 있는 작은 텃밭도 한자리 차지하고 있다. 초봄에 텃밭을 일궈 씨를 뿌리고 채소 가꾸는 일은 아버지의 몫이었다. 그 일은 당신께서 자식들 모두 키워 내보낸 후 하루가 열흘 같다던 적적했던 시간을 쉬이 보낼 방법이기도 하였지만, 이젠 빼놓을 수 없는 소소한 일상의 낙이란다. 가지, 토마토, 호박 등은 아버지의 정성을 알아차리기라도 하듯 해마다 잘 자라 튼튼하게 많은 열매도 맺어주었다.

가을볕에 바람이 더해지면 어머니는 마당 가득 남는 채소들을 썰어 말리는 일로 소일하셨다. 광에서 얼기설기 엮은 대나무 돗자리를 꺼내 묵은 먼지를 닦고 햇볕이 가장 오래 가는 곳에 깔아놓는 일로 아버지는 어머니를 묵묵히 도왔다. 어머니가 채소를 썰고 아버지의 투박한 손이 썰어놓은 채소들을 널며 도란도란 하루를 보낸다는 두 분은 나이가 들수록 마당에서 함께하는 시간이 많아졌단다. 고마운 마당이다. 젊은 시절 과묵하셨던 아버지가 언제부턴가 말씀도 늘고 살가워졌다며 그 변함이 좋다는 어머니. 자식들도 더불어 좋다.

자식들은 넓은 마당이 부담스러워 편한 도시 생활을 권한 적도 있었다. 그러나 가장으로서의 무게가 버거워 늦은 밤 남 몰래 나와 서성이며 담배 태우던 마당이, 독한 시집살이 힘들어 하루에도 몇 번씩 나와 앉아 넋두리하던 마당이 두 분에게는 더없이 소중한 공간이었으리라. 돌아보면 아버지는 이 넓은 마당에서 자식들을 엄히 키우셨고 엄마는 그 뒤에서 그림자처럼 자식들을 보듬었다.

다람쥐 알밤 모으듯 두 분의 이야기와 자식들의 추억이 고스란히 쌓여 있는 오래된 마당. 오늘 저녁 나는 이 마당에서 아버지의 손으로 직접 만든 나무 탁자 위에 며칠 전 어머니가 뜬 청국장으로 저녁상을 차리고 가족들과 둘러앉아 맛있는 저녁을 먹을 것이다. 저녁상을 물리고 나면 두 분이 좋아하는 국화차도 한 잔 함께할 것이다. 마당에는 지금 봄과 여름을 뜨겁게 견뎌온 가을로 가득하다.

가을이 보내는 벗

베란다 창밖으로 가을이 한창이다. 수년째 자리를 지키고 선 오래된 은행나무는 노란 나비 떼의 형상인 듯 그 빛깔이 사뭇 눈부시고, 먼 산의 단풍은 금방이라도 불꽃으로 타오를 기세다. 지난 한철을 뜨겁게 견뎌내고 무지개 빛깔 고운 색을 달기까지 새삼 자연의 위대한 생명주의에 감탄하지 않을 수 없다.

찬 이슬이 맺히기 시작한다는 한로寒露가 지났으니 이제 가을은 점점 깊어가고 농부들은 추수를 시작할 것이다. 몇몇 지인들에게 가을이 오면 가장 먼저 해보고 싶은 것이 무엇이냐고 물은 적이 있다. 단연코 여행과 독서라는 답을 많이 했다. 생각해보니 가방에 책 한 권 끼워넣고 여행을 떠난다면 이보다 더 좋은 가을맞이가 어디 있을까 싶지만, 늘 시간에 쫓기는 직장인들이라면 평소 읽고 싶었던 책 속으로 무한여행을 떠나보는 것도 좋겠다.

바야흐로 책 읽기 좋은 계절, 가을이다. 고 신영복 교수의 유고집 『냇물아 흘러흘러 어디로 가니』에는 「책은 먼 곳에서 찾아온 벗」이라는 제목의 수필이 있다. 독서란 자기가 갇혀 있는 문맥, 우리 시대가 갇혀 있는 문맥을 깨트리고, 드넓은 세계로 나아가는 자유의 여정이라는 삼독三讀의 필요성을 피력하는 글이다. 더불어 이 여정에서 놓치지 말아야 할 것은 바로 자기 자신에 대한 애정임을 작가는 강조한다.

초등학교 저학년 어느 가을이었다. 나는 혼자 마루에 앉아 책을 읽고 있었다. 공주님도 되었다가, 왕자님도 되었다가, 일인다역의 목소리를 소리내며 읽고 있는데 아버지가 조심스러운 걸음으로 조용히 옆에 와 앉으셨다. 그러곤 "책 읽는 소리가 참 좋구나" 하셨다. 이 칭찬의 한마디는 후일 내가 책을 가까이하는데 작은 불씨가 되었다.

몸이 약해 하루 중, 학교를 다녀오는 것 외엔 대부분을 집 안에서 보내던 때, 나의 가장 친한 친구는 책이었다. 밖에 나가 놀다가도 금방 숨이 차고 지쳐 집으로 들어오기 일쑤였던 그 시절을 독서로 채웠다. 몸도 약했지만 '참 좋구나' 하는 아버지의 한마디가 자꾸 듣고 싶었던 어린 날의 앳된 마음이, 훗날 책에 흥미를 갖게 했고 습관으로 이어져, 질풍노도의 사춘기를 슬기롭게 헤쳐나오도록 도와준 나의 말 없는 오랜 벗이 되었다.

십대에는 주로 소설을 읽었다. 여러 단편집을 접하고 한 줄 문장이 주는 아름다움에 푹 빠져 밤을 새우기도 했다. 그 여운은 학교 수업 시간까지 이어져 수업 중 책상 밑에 몰래 소설책을 숨겨놓고 읽다가 선생님께 들킨 적도 여러 번이다. 그때마다 복도에 나가 손을 들고 벌서기도 했지만 돌아보니 그 순간의 기억이 그리 나쁘지만은 않다. 그때 읽었던 책들은 시골에서 그저 병약한 아이가 학교와 집을 오가며 무료한 일상을 보내는데, 한 줄기 오아시스 같은 역할을 했고 다양한 여러 사람의 삶을 간접으로 살게 한 고마움의 산물이었기 때문이다.

성년이 되어서는 시를 좋아해 한때는 시집詩集 사모으는 취미가 생겼다. 집에서 버스로 삼십여 분을 나가면 정류장 앞 대로변에 작은 헌책방이 있었는데 새 책 한 권의 값으로 여러 권의 시집을 살 수 있었다. 서점 사장님은 가끔 상태가 좋은 책이 들어오면 따로 챙겨두었다가 내게만 팔기도 하셨고, 기분이 내키면 거저 주기도 하며 인정을 베푸셨다.

지금은 마음 가는 대로 책을 본다. 그저 읽고 생각하는 것만으로도 나는 튼튼한 나침반 하나를 꼭 쥐고 있는 느낌이다. 더러는 나를 쉬게 하는 쉼표의 역할도 맡아준다.

결실의 기쁨과 찬기의 쓸쓸함이 공존하는 계절, 가을이 지나고 있다. 이제 나는 여름내 열어놨던 밖으로의 창을 닫고 찬찬히 안을 들여다본다. 그리고 그 안에 새로운 벗 하나를 들여 가까이 두고, 시간이 날 때마다 그를 알아가려 한다. 그와 함께한 날들만큼 시간이 발효되면 나의 내면은 한층 더 깊어지고 충만함으로 가득할 것이라고 이 가을이 귀띔해주는 것 같다.

국화 옆에서

“차가운 별빛 아래 풀벌레의 애조마저 뚝 끊어지고 서리가 하얗게 내리며 가을이 깊어지자 국화가 시절을 만난 듯 탐스러운 꽃을 피웠다. 하나는 황국, 하나는 자국이었다. 한 쌍이 마주 보고 서 있는 모습이 마치 가을날 초례청에 서 있는 신랑 각시처럼 청초하고 아름다워서 집안이 경사스러웠다. 국화꽃은 소설小雪 무렵까지 내내 피어서 아버지의 창을 우수로부터 막아주었다.” 목성균 선생의 수필「국화」에 나오는 문장이다.

절기상 첫눈이 온다는 소설이 엊그제 지나갔다. 옛말에 “소설 추위는 빚내서라도 한다”고 아파트 단지 화단의 국화 꽃잎이 갈색으로 변했다. 지난 주말 가을비가 세차게 내리더니 급기야 기온이 뚝 떨어진 밤을 보낸 후 꽃은 찜솥에라도 들어갔다 나온 것처럼 흐물흐물 녹아내렸다. 관리사무소 경비실 직원들이 수레를 끌고 다니며 무너진 꽃더미를 잘라내고 뒷정리를 하는데 마음속으로 휑하니 바람이 스쳤다.

소담스레 꽃송이를 피워 가을의 전령사 노릇을 톡톡히 해낸 국화였다. 선선한 바람이 불기 시작하던 때부터 피기 시작해 노랗게 군집을 이루며 지나는 이들의 눈을 즐겁게 한 지 두 달도 넘었다. 바람이 불고 가을비가 추적여도 한결같이 본연의 색을 간직하며 꿋꿋했다. 그런데 지난 밤 된서리에 꽃은 제 색을 잃고 말았다.

잠자는 시간을 제외하곤 하루의 절반을 생활하는 유치원 앞마당에도 소국과 적국이 나란히 피어 있었다. 아는 지인이 취미삼아 재배하기 시작해 정성을 듬뿍 들여서인지 잘 자랐다며 화분 몇 개를 보내주었고, 좀 더 오래 두고 보고자 아예 마당 곳곳에 땅을 파고 심었다. 노란 색과 적색을 보기 좋게 배치하니 친구인 양 어우렁더우렁 마당을 서너 달 가까이 가을 풍경으로 만들어준 고마운 국화가 조만간 그루터기조차 사라지게 생겼다.

나는 올망졸망 눈망울을 반짝이며 웃는 아이들에게 앞마당의 국화꽃으로 가을을 가르쳤다. 코로나19로 야외 체험학습이 모두 중단된 가운데 한창 뛰어놀고 눈으로 많은 것을 보고 느끼고 해야 할 아이들에게, 온종일 교실 안 수업은 참으로 힘들고 지루한 시간이었으리라. 사랑이 많은 아이들은 깊어가는 가을 내내 한결같이 유치원을 들고나는 찰나의 시간에도 꽃을 보고 향을 맡으며 귀여운 눈인사를 잊지 않았다.

코로나19로부터 시작된 낯설고 생경한 시간 속에서 국화 다발은 나에게도 적잖은 위안이었다. 몹쓸 바이러스로 세상은 온통 회색빛이고 사회적 거리두기는 좀체 풀릴 기미를 보이지 않는 가운데 한

정된 공간에서 더는 앞으로 나아갈 수 없는 긴 시간은 생각보다 불편하고 혹독했다. 간간이 계절마다 꽃이 피고 지기를 반복했지만 가장 오래도록, 그리고 깊숙이 내 옆을 지킨 것은 결국 국화였다.

누구에게나 고단하고 버거운 시간이 있다. 그때 나에게 위안을 주고 스스로 위로가 된다고 느낄 만한 대상이 있다면 그 시간은 더는 힘든 시간이 아닐 것이다. 산으로 들로 가을 단풍 구경을 다니지 못했다 한들 우울할 필요는 없다. 길을 걷다가 혹은 하루를 소일하는 근처에서 만나게 되는 작은 우연 하나에 의미를 달면 된다. 꽃이 졌다 한들 가을 내내 유치원 앞마당에 흐벅지게 피어 향기를 날리던 시간이 사라지겠는가. 사회적 거리두기가 정해놓은 한정된 공간에서 지난 계절을 함께한 국화로부터 받았던 조용한 위로를 나는 오래 간직할 듯하다.

농부의 집

지난 주말 읍내 외곽에서 고추 농사를 짓고 있는 지인으로부터 전화가 왔다. 올해 고추를 수확해서 빻아놨으니 직접 와서 보고 구매하라는 내용이었다. 더불어 고구마밭의 넝쿨이 어찌나 실한지 순도 따고 자잘한 채소들도 챙겨가라며 오랜만에 소식을 전했다. 몇 년째 이 집에서 고춧가루를 공수해 김장도 하며 한해 양념으로 먹고 지내온지라 서로 허물없이 늘 이맘때가 되면 연락이 오곤 했다.

여름 한낮 소나기 같은 시원시원한 성격의 집주인은 수년 전 서울에서 이사를 왔다. 처음엔 그저 복잡한 도시 생활에 지쳐 내려왔다며 몇 년만 살다가리라 했는데 그 세월이 어느새 강산을 변화시킬 만큼이 되었단다. 처음에는 아는 사람 하나 없이 막막하기만 했던 시골 생활에 적응하느라 우왕좌왕이었으나 마당에 심어놓은 사과나무 한 그루가 해마다 열매 맺는 걸 보고 그 풍경이 좋아 아예 눌러앉았단다.

느지막이 집을 나와 시장에 들러 간식거리를 사고 그 집으로 차를 몰았다. 집 대문에 들어서니 마당 가득 평상과 돗자리마다 빨간 햇고추가 하늘을 향해 빼곡히 누워 볕을 즐기고 있다. 그 색이 어찌나 붉던지 서산을 넘어가던 감빛 노을이 발걸음을 되돌려 돌아온 듯 눈이 부셨다. 엊그제 모두 땄다던 집 앞 고추밭은 또 그새 익어 빨간 물감을 흩뿌려놓은 듯 온통 붉은 물결을 이루고 있었다.

시골 친정집에도 이맘때면 고추를 말리느라 마당이 온통 붉었다. 한창 고추가 익기 시작하는 여름이 오면 아버지는 엄마와 단둘이서 그 넓은 밭에 새벽부터 나가 익은 고추를 따고 해가 서산을 넘어 어둑어둑해서야 집으로 들어오셨다. 그렇게 꼬박 하루를 소일하고, 다음날은 일일이 수돗물에 씻기를 한나절, 그리고 수분 빼는 기계에 넣고 또 한나절을 기다리면 빛 고운 건고추가 되어 나왔다. 다음으로 마당 가득 멍석을 깔고 자연의 볕을 빌려 며칠을 말려선 방앗간에 가져가면 보드라운 고춧가루가 되어 일 년 내내 자식들의 일용한 양식이 되었다. 서툰 글씨로 일일이 자식들의 집 주소를 적어 택배를 보내셨고 우리는 당신들의 땀으로 탄생한 고운 고춧가루로 김장을 했다. 그러나 이제는 모두 지난 이야기가 되어버렸다. 흐르는 세월만큼 황혼의 부모님은 이제 더는 농사를 짓지 않으신다.

마당에 앉아 평상 가득 널어놓은 붉은 고추를 바라보고 있자니 시골집 친정에서의 기억에 쉬이 자리를 뜨지 못한다. 대부분의 일에서 손을 놓아야 할 만치 기력이 쇠해진 부모님을 위해 이젠 해마다 이 집에서 고춧가루를 사 보내드린다. 하루를 이틀처럼 평생을 살아오신 부모님은 가을이면 늘 마당 가득 고추며 들깨, 참깨를 수확해 널어놓고 자식들 먹거리를 챙겼다. 부모님이 농부라서 얻게 된 혜택에 대한 감사가 지나보니 셀 수도 없이 많다.

안주인은 이것저것 먹거리를 챙겨준다. 그리고 좀 더 계절이 깊어지면 또 놀러오라며 대문 너머 길 끝까지 배웅해준다. 그 말 한마디가 큰 위로가 되는 고마운 인연이다. 시골로 내려와 농사를 짓고 시집간 딸네로 이것저것 보내주는 재미로 산다는 이 분, 문득 수필가 목성균 선생의 한마디가 생각난다.

"나는 농부가 절대로 자신의 삶을 평가절하하는 일이 없기를 바란다."

꽃 한 송이의 위로

아침 저녁으로 선선한 기운이 완연하다. 여름내 열려 있던 창문이 하나둘씩 닫히기 시작하고 아침 출근길엔 어느새 소매가 긴 겉옷을 챙기게 된다. 밤낮을 가리지 않고 울어대던 매미 소리가 잦아드는가 싶더니 그 빈자리 이름 모를 풀벌레 소리로 음색도 바뀌었다. 계절은 어느새 여름에서 가을로 넘어가는 중인가보다.

며칠 전 출근길에 일년생 백일홍을 보았다. 가로수 등나무 아래 먼지를 뽀얗게 뒤집어쓴 채 저희끼리 옹기종기 모여 있는 모습에 잠시 걸음을 멈추고 눈을 맞췄다. 유월이면 꽃잎을 드러내기 시작해 백 일 동안 화려하게 핀다고 해서 이름 붙여진 백일홍, 전에 없이 긴 장마와 태풍을 이겨내고 꿋꿋하게 자리를 지켜낸 색색의 꽃송이에게 말을 걸었다. '혹독한 시간 속에서 그래도 피어 있구나. 세찬 바람에도 꺾이지 않고 이렇게 웃고 있다니 참 예쁘다.'

지난 겨울부터 여름까지 그야말로 하루하루가 한 생애 못지않게 긴 날들이었다. 언제 어디서나 한몸을 이루듯 챙겨야 하는 마스크가 힘에 부치기 시작했다. 더운 여름이라 장시간 입을 가리고 있으면 숨이 목까지 차올랐다. 좋은 사람들과 함께하는 소소한 만남이 사라진 것에 대한 우울감이 어느 순간 찾아오기도 했다. 파랗게 높아지고 있는 하늘 사이로 한 줌의 바람에 가을이 묻어오는데 우리의 시절에는 언제쯤 계절이 제대로 돌아올까.

다람쥐 쳇바퀴 돌듯 한정된 생활 범주에 점점 버틸 힘이 미약해지고 있던 찰나였다. 온갖 먼지를 달고 소음을 일으키며 쉬지 않고 줄을 잇는 차도 옆에서도 백일홍은 울긋불긋 고운 색을 내며 씩씩하게 피어났다. 빗물이 폭포처럼 쏟아져 내리던 긴 장마철에도 의연하게 제자리를 지켰다. 거센 바람이 두 차례나 휩쓸고 지나갔지만 쓰러질 듯 아슬아슬 흔들리면서도 꽃대를 세워 제 존재를 뽐내고 있었다. 잠깐 서서 바라보는 꽃 한 송이가 오래 여운을 남겼다.

돌아보면 감동을 주는 것이 어디 백일홍뿐이겠는가. 눈으로 들어오는 모든 풍광이 다 배움의 연속이다. 몇 차례 수마가 할퀴고 지나간 상처의 들녘이지만 어느 농부의 구슬땀이 밴 고추밭은 언제 그랬냐는 듯 온통 붉은 빛이고 쓰러질 듯 가냘픈 들깨 줄기엔 초록의 둥근 잎이 아기 숟가락처럼 매달렸다. 흙더미에 쓰러졌던 벼들이 다시 일어서 이삭을 키우고 여물어가는 풍경을 보노라면 모진 장마와 태풍을 이겨내고 대견하리만치 제자리를 찾아 본연의 임무를 묵묵히 해내는 자연의 위대함에 새삼 저절로 고개를 숙이게 된다.

지금 나를 속박하고 있는 삶의 불편함을 작은 꽃 한 송이를 보며 위로받는다. 아무렇게나 흘려버렸던 보통의 일상들이 이리도 소중한 한때였던가. 깨닫고 나니 돌아오는 앞으로의 시간은 더없이 소중한 날들이 될 것이기에 함부로, 허투루 쓰는 일은 없으리라 다짐도 해본다. 바람 소리, 맑은 하늘, 그렇게 여름이 가고 가을이 다가오고 있다.

시월의 뜰 안에서

돌담으로 쌓아올린 뜰 안에 가을이 깊다. 여름내 피어 있던 분꽃과 백일홍이 여전히 옹기종기 모여앉아 가을볕을 쬐고 있고 색색의 국화가 무더기로 피어 그 향이 온 마당에 흐벅지다. 한 그루 우뚝 서서 담장을 넘어선 사과나무엔 지난 뜨거운 계절이 보듬어준 덕에 주렁주렁 붉은 열매가 매달려 하루가 다르게 짙어지고 있다.

꽃과 함께 어우렁더우렁 자라고 있는 한쪽 귀퉁이 텃밭의 무는 초록 잎을 앞세워 마당의 생기를 더해준다. 좀 더 계절이 깊어 김장철이 돌아오면 속 재료로 쓸 요량으로 심어놓았단다. 지난 봄 장터에 나가 사다 심었다는 생강도 어느새 푸른 줄기를 뻗어 대나무처럼 솟아올랐다. 그 모양이 신기해 손으로 이리저리 쓸었더니 잎에서 상큼한 생강 향이 묻어난다.

몇 해 전부터 가깝게 알고 지내는 지인의 마당으로 마실 나왔다. 봄볕이 완연해지는 계절이면 한번 찾아가고 오늘처럼 가을을 느끼기에 더없이 운치 좋은 날이면 또 들러 차를 얻어 마셨다. 언제나

이리저리 쉼 없이 부지런한 안주인 덕에 이 집에서는 계절마다 요란한 법 없이 꽃이 피고 자라고 지기를 반복했고 그 한결같은 모습이 유년시절을 떠올리게 해 나는 이곳을 자주 드나든다.

어린 시절 나도 마당이 있는 집에서 살았다. 꽃과 나무를 좋아한 할머니 덕분에 봄부터 여름을 지나 가을에 이르는 동안 뜰 안과 밖은 늘 대궐처럼 화사했다. 가장 먼저 뒤뜰에서 개나리가 피어나고 개나리가 질 때 즈음이면 하얀 목련이 얼굴을 보였다. 이어 집 앞 개천을 따라 벚꽃이 만개하고 아카시꽃 향이 산바람을 타고 계절을 알려주었다.

봄이 꽃으로 완성된다면 가을은 단풍으로 점철된 나무가 아닐까 싶다. 일찍이 우리에게 『이방인』의 소설가로 유명한 알베르 카뮈는 가을을 정의함에 '가을은 모든 잎이 꽃이 되는 두 번째 봄이다'라고 했다. 어쩌면 묘사가 요즘 시절과 그리도 적절한지 짧은 문장 한 줄에 절로 고개가 끄덕여진다. 가장 먼저 잎에서 꽃으로 변신을 꾀하는 나무는 아무래도 봄날에 그토록 눈부시던 벚나무일 터이다. 어느새 울긋불긋 고운 물을 들여 바람을 타고 땅으로 가라앉고 있다. 연둣빛이던 은행나무 가로수길은 하루가 다르게 황금빛 노란 물결로 탈바꿈하고 여름내 푸르던 단풍나무 잎새마다 햇볕이 키워낸 빨간 가을이 가득 담겨 있다.

고운 단풍으로 화려한 계절이 오면 그 옛날 할머니와 함께했던 기억들이 속없이 밀고들어올 때가 있다. 이른 아침 할머니를 따라 집 옆을 지키는 졸참나무에서 밤새 떨어진 도토리를 줍던 기억, 한껏 까칠한 밤나무 아래서 알밤을 털고, 그 길을 따라 걸으면 바삭거리며 들려오는 나뭇잎 밟는 소리…. 늘 그렇듯 낙엽 지는 소리는 가을이 건네는 마지막 작별의 인사 같았다.

마당 평상에 앉아 화단을 바라본다. 어떤 꽃은 이제 막 꽃봉오리를 열어 화사하고 또 어떤 꽃은 이미 지기를 시작했는지 빛이 바랬다. 길 건너 가로수에도 단풍이 한창이다. 잎에 물이 들기 시작하는 건 잠깐인 듯 급하고 바닥으로 떨어져 사라지는 시간 또한 스치듯 찰나다. 피었으니 지는 때가 있는 것 또한 당연하나 그 시간이 오면 고운 잎들은 땅으로 내려앉아 흔적을 감추고 뜰 안에는 긴 고요만 남을 적막함이 미리 쓸쓸하다.

저들처럼 환하게 피었던 나의 날들은 언제였을까. 또 앞으로 꽃 피울 순간들은 얼마나 있을 것이며 고요로 에두르는 쓸쓸함이 몰려오더라도 홀로 의연할 수 있으려나. 이 가을! 나는 무엇을 채우고 무엇을 비워야 하는지. 계절이 깊어가는 만큼 생각도 많아지는 이 가을은 성찰의 계절임이 틀림없다.

가을아! 고맙다

밤부터 내린 비로 그 곱던 잎들이 우수수 떨어졌다. 절정으로 치달아 화려하기 그지없던 단풍들이 떨어지는 빗물에 속절없이 지고 뜰 안에서 여왕 노릇을 하던 황국도, 적국도 이제는 고고한 자태를 잃어버리고 흐물흐물 색이 바랬다.

출근하는 길목의 도로변으로는 간밤에 떨어진 은행잎들로 어수선하다. 새벽부터 쓸기 시작했는지 긁어놓은 낙엽들이 허드레 자루에 담겨 길가에 쌓이고 있다. 송풍기가 쉴새 없이 돌아가고 곳곳에 빗자루를 들고 잎을 쓸어담느라 분주한 청소하는 분들의 손길이 더없이 바쁘다. 온통 울긋불긋 물결을 이룬 가을 단풍에 너도나도 눈이 즐겁던 때가 며칠 전이었는데 어느새 쓰레기로 전락해 애물단지가 되었다니 마음속으로 쌩하니 바람이 인다.

근무하는 유치원 뜨락에도 단풍나무가 휑하니 나뭇가지를 드러냈다. 밤새 비와 바람 속에 고군분투하더니 결국 모든 잎을 떨궈 나무 아래로 눈처럼 소복이 내려앉았다. 지난 봄에 초록 잎을 달기 시작할 때는 그다지 눈길이 가지 않았다. 뜨거운 여름을 지나고 선선한 가을로 접어들면서 한 잎 두 잎 불그스레 아이의 뺨처럼 이파리에 물을 들일 때가 되어서야 비로소 오며가며 쳐다보게 되었다.

급기야 지난 한 달 가까이 붉은 잎을 왕성히 달고 단풍나무는 당당히 뜰 안의 대표가 되었다. 아이를 데리러 오는 어떤 엄마는 나무를 배경으로 아이와 함께 연신 사진을 찍고 담 너머 지나다니는 행인들도 기웃기웃 탄성을 질렀다. 짧은 계절의 시간 속에 머무는 동안 가을의 모든 잎은 사람들을 즐겁게 해주었고 잠시 쉬어가게 해주었으며 돌아올 다음 해를 기다리게 해주었다.

나이를 먹는 건지 올해는 전에 없이 울긋불긋 단풍이 자주 눈에 들어와 이곳저곳 구경을 다녔다. 집으로부터 차로 반 시간 남짓 거리에 있는 은행나무 가로수길도 그리 걸었다. 해마다 근처 저수지 제방 길을 따라 물 위에 비친 은행나무 그림자를 따라 걸으면 열두 폭 병풍을 펼쳐놓은 듯 풍경이 그만이라는 지인의 말이 정말 딱 맞았다. 가을 풍경을 만끽하려는 나와 같은 마음의 사람들로 다소 혼잡했지만 노란 융단을 깔아놓은 듯 은행나무 가로수길을 유유자적 걷다보니 이래저래 코로나로 답답했던 일상이 조금은 풀리기도 했다.

유치원 아이들을 데리고는 근처 자연휴양림으로 가을숲 체험도 다녀왔다. 휴양림 입구에서부터 화려한 빛깔로 단풍이 절정에 달해 있었는데 중국 당나라 시인 두목杜牧이 '서리에 물든 단풍잎이 봄꽃보다 더 붉다'라며 「산행山行」이라는 시에서 단풍의 아름다움을 읊던 배경이 아마도 이런 풍경이 아닐까 싶을 정도였다. 아이들과 함께 갈잎을 주워 하늘로 날려보고 은행잎을 모아 꽃다발도 만들어보면서 오랜만에 철없던 어린 시절로 돌아간 것 같아 좋았다.

입동立冬이 지났으니 동면에 들 동물들이 땅을 파고 속으로 들어 잠잘 채비를 하듯 겨울은 점점 거리를 좁혀 세상의 온갖 잎을 데려갈 것이다. 차가운 겨울을 보내고 새로운 계절이 돌아오면 또다시 잎을 키우겠지만 내년 봄의 그 잎이 올해 피었던 그 잎은 아닐 것이다. 짧은 계절 내내 참 고마웠다. 알록달록 저마다의 색으로 눈을 즐겁게 해준 가을의 온갖 잎이여!

제4부
눈물 짓지 않는

꽃다발을 안으며

겨우내 눈이 쌓이고 녹기를 반복하던 화단에 어디서 날아왔는지 민들레 한 송이가 노란 얼굴을 쏙 내밀고 있다. 맹렬했던 추위를 이겨내고 푸릇푸릇 따뜻한 온기를 신호 삼아 꽃을 피운 그 모습이 대견하다 못해 생명의 위대함마저 들게 한다. 살랑살랑 유치원 앞마당에 어느새 봄이 기지개를 켜고 있다.

"종일토록 지팡이를 짚고 봄을 찾았지만 뜻을 이루지 못하고 집에 돌아와보니 매화나무 가지 끝에 봄이 와 있더라"라는 말처럼 봄을 알리는 첫 신호는 뭐니 뭐니해도 꽃인 듯하다. 이미 아랫녘 남도에서는 꽃이 피기 시작했고 봄이 한창이라는 인터넷 기사를 읽고 있자니 이곳 앞마당에도 봄의 전령사들이 그 모습을 화려하게 드러낼 날이 머잖은 듯하다.

유난히도 꽃을 아끼는 동료 교사가 올해에도 어김없이 봄꽃을 잔뜩 사들고 출근했다. 노란 색과 빨간 색이 예쁜 앵초와 그윽하고 진한 향이 일품인 알뿌리 식물 히아신스도 색깔별로 가지고 왔다. 긴 겨울 밋밋했던 공간을 한순간 화사하고 향기로움으로 탈바꿈시킨 그녀의 꽃 사랑이 빛을 발하는 순간은 늘 이렇게 삼월 이맘때 즈음이다.

교실에도 봄볕처럼 눈부시게 빛나는 아이들 열 명이 꽃처럼 내게로 왔다. 여자아이 일곱 명에 남자아이가 세 명이다. 그 중에 다문화 아이도 두 명이 포함되어 있다. 눈이 크고 긴 머리에 분홍색 외투를 즐겨 입는 아이, 하얀 운동화가 유난히 돋보이는 짧은 머리의 여섯 살 남자아이, 머리부터 발끝까지 엄마의 사랑으로 단장한, 디즈니 만화에서나 나올 법한 공주 차림의 다섯 살 아이까지 그 모습들이 마치 알록달록 꽃다발 같다.

학기가 새로이 시작되는 삼월은 아이들에게 유치원에서의 다양한 생활에 대해 가르친다. 아이들 한 명 한 명에게 일일이 노란 병아리 모양의 이름표를 가슴에 달아주고 기차처럼 한 줄로 세워 이곳저곳 유치원을 구경시켜주고 눈높이를 맞춰가며 단체생활에서 꼭 지켜야 할 규칙과 약속 등도 일러준다. 서로의 이름을 익히고 자연스럽게 같이 어울리고 놀이하면서 그 속에서 함께하는 즐거움을 시작하는 중요한 시기이다.

교사는 교사대로 아이들과 함께 한해를 잘 지낼 수 있도록 다짐하는 달이다. 올해는 여섯 살 난 열 명의 아이들과 학기가 시작되었다. 멀리 외국에서 온 다섯 살 난 작은 여자아이는 아직 한국말을 거의 하지 못한다. 그러나 초롱초롱한 눈빛으로 손을 내밀어 도움을 청하니 나는 올해 이 아이에게 한국어를 열심히 가르쳐볼 생각이다. 또 한 아이는 개인 사정으로 엄마와 떨어져 할머니집에서 유치원에 다니니 좀 더 세세하게 아이를 살펴야겠다. 오늘 하루가 어땠는지 자주 물어주며 관심과 사랑으로 이 아이를 웃게 해주리라. 부모의 직장 관계로 늘 늦은 시간까지 돌봄실에 있어야 하는 여섯 살 난 녀석에게는 나의 퇴근을 조금 미루더라도 이 아이 곁을 지키며 혼자라는 불안을 조금씩 완화해줄 것이다. 한 명 한 명이 모두 내게는 저마다의 품새로 예쁜 꽃들이니 늘 화사하게 피어날 수 있도록 지켜낼 것이다.

아이를 키운다는 건 콩나물시루에 물을 주는 것과 같다고 한다. 시루에 물이 다 빠져 헛수고일 것 같아도 어느새 아이들은 한 뼘씩 쑥쑥 자라 있다. 나는 올 한해 몸도 마음도 쑥쑥 자라날 이 아이들을 위해 누구보다 열심히 사랑으로 보듬어보리라. 반짝반짝 저마다의 빛깔로 내게 와준 열 명의 소중한 꽃을 안으며 다짐한다.

온전한 봄

창 너머 너른 들녘으로 봄기운이 완연하다. 농부의 발자국을 듣기라도 한 듯 반쯤 열린 비닐하우스 안에는 이름 모를 모종들이 푸릇푸릇 초록으로 짙어가고, 바람에 흔들리는 산수유나무엔 가지마다 노란 파스텔 꽃눈을 달기 시작했다. 과거의 생이 있었으리라 짐작조차 어려운 고목에서도 스스로 살아 있음을 증명이라도 하듯 연둣빛 싹이 솟아나고 있다.

아파트 베란다 안으로 햇살이 쏟아져 들어온다. 지난 겨울 초입에 집안으로 들여 동고동락했던 화분들을 볕이 잘 드는 양지로 옮겨놓는다. 그리고 호스를 이용해 머리부터 발끝까지 물을 뿌려 한껏 생기를 돋운다. 오늘도 재택근무로 집 밖을 못 나가니 겨우내 굳게 닫혔던 창문을 활짝 열고 묵혔던 먼지를 털어내며 자잘한 집안 청소로 하루를 보낸다.

두 달 가까이 신종 코로나바이러스 감염증의 공포가 이어지고 있다. 이런저런 흉흉한 소식들로 세상 안팎이 어수선하다. 하룻밤을 자고 일어나면 코로나바이러스 감염증에 노출된 환자는 눈덩이처럼 불어나 있고, 어느 지역 한 대형 마트에는 식료품과 생필품의 사재기를 넘어 이젠 아예 장 보러 가기도 꺼려해 온라인 주문이 폭주하고 있다는 뉴스가 우리들의 평온했던 일상을 불안하게 만들고 있다. 남녀노소를 불문하고 일상의 생활필수품이 되어버린 마스크를 이리 오래 곁에 두게 될 줄 누가 알았을까.

학교는 한창 개학과 더불어 입학식의 설렘으로 가득할 공간이건만 그 어디에도 아이들은 보이지 않는다. 학교마다 모든 학사 일정이 뒤로 늦춰졌기 때문이다. 대부분 대학에서는 현장 강의를 온라인 강의로 대체하기로 했다는 기사도 들려온다. 학교 잔디밭 가득 봄이 내려앉아 온갖 생명을 깨우는 이 아름다운 계절을 제대로 맞이할 수 없는 현실이 안타깝다.

사십여 년 전, 어느 봄날에 엄마의 손을 잡고 초등학교 입학식에 갔던 기억이 나에게는 지금도 좋은 추억으로 남아 있다. 엄마는 내 생의 첫 입학식을 위해 며칠 전부터 새 책가방과 새 옷과 새 운동화를 사주셨다. 아무리 아껴도 소금이 절반인 당신의 낡은 금전출납부를 쪼개고 쪼개어, 이제 곧 알을 깨고 밖으로 나가는 나의 첫걸음을 축하해주신 것이다. 새로 산 연분홍빛 겉옷의 오른쪽 가슴에는 하얀 손수건을 각지게 접어 핀으로 고정시켜주고 손이 더러워졌거나 콧물이 나왔을 때 요긴하게 쓰라며 그 쓰임새도 덧붙이셨다.

처음으로 내 집 울타리를 벗어나 학교 교문을 들어설 땐 두려움 반, 설렘 반이 가슴 저 깊은 곳에서 요동을 쳤다. 엄마와 나란히 손을 잡고 걷던 걸음은 어느새 당신의 치마 뒷자락을 붙들고 멈춰서서 낯선 환경, 많은 사람을 겁내기도 했다. 다소 소심하고 숫기도 없었지만, 점점 자리를 찾아가는 학교 생활과 하루 한 뼘씩 가까워지는 친구들, 한 글자 한 글자 따라가는 공부 재미에 빠져 이른 아침 밥숟가락 놓기 무섭게 학교로 내달리곤 했다. 그렇게 누구에게나 가슴 벅찬 생애 딱 하루뿐인 초등학교 입학식이 자꾸만 미뤄지고 있다니 부모들도, 아이들도 그리고 교사들도 하루하루 안타깝고 힘든 시간의 연속이다.

그 이름만으로도 싱그러운 삼월이다. 개구리가 겨울잠에서 깨어난다는 경칩이 지났으니 이제 봄은 점점 더 깊숙이 우리 곁으로 다가올 것이다. 따스한 기운이 긴 겨울을 몰아내고 대지의 온갖 자연에 생명을 불어넣듯 우리들의 불안하고 흔들리는 일상은 이제 물러나고 살아 움직이는 삼월 본연의 모습으로 돌아오기를…. 아이들은 입학식을 하고, 부모들은 저마다의 자리에서 마음놓고 일할 수 있기를…. "기다리지 않아도 오고, 기다림마저 잃었을 때도 너는 온다"라고 읊은 이성부 시인의 시 「봄」처럼, 부디 이 어려운 상황이 하루 빨리 지나가고 치유되어 우리 모두 행복한 웃음으로 만나는 온전한 봄날이 되기를 빈다.

작은 농부들

내가 근무하는 유치원 뒤꼍에는 자그마한 텃밭이 있다. 해마다 봄이면 두둑하니 흙을 돋워 고랑을 내고 온갖 초록 채소를 심는다. 햇살이 눈처럼 쏟아지는 아래 토마토 모종을 심고 이웃으로 감자와 상추, 가지도 몇 포기씩 들어앉힌다. 겨우내 허전했던 담장 울타리를 채우는 데에는 뭐니 뭐니해도 강낭콩과 호박, 그리고 오이만큼 유용한 채소가 없다.

올해는 텃밭에 아이들과 직접 땅콩을 심어보기로 했다. 우연한 기회에 지인에게 얻은 땅콩 씨앗 한 줌을 물에 하룻저녁 담가 충분히 물기를 먹인 다음 아침마다 마시는 우유팩을 화분 삼아 씨앗을 심었다. 일인 일 화분을 갖게 된 아이들은 저마다의 화분에 애정을 갖고 관심을 표했다. 교실을 들고나며 이제나저제나 언제쯤 뾰족하니 눈을 내밀까, 수시로 들여다보았다. 어느 드라마에서처럼 하루에 예쁜 말을 열 개씩 해주면 씩씩하게 잘 자랄 것이라고 했더니 어떤 아이는 이른 아침 등원하자마자 땅콩이 잠자고 있는 우유팩 화분 앞에 와서는 '안녕! 잘 지냈니?' 하며 눈인사를 잊지 않았다.

하룻밤이 지나고 이틀 밤이 흐르고 몇 날을 보내고 나니 드디어 흙을 뚫고 땅콩 새싹이 나왔다. 아기 숟가락 같은 동그란 떡잎을 앞세워 연둣빛 색을 입은 새싹은 하루가 다르게 잎에 색을 덧입히며 튼튼하게 자라주었다. 200㎖ 작은 우유팩에 땅콩 새싹을 키우는 과정은 아이들에게도 그리고 내게도 경이로운 경험이었다. 아주 작은 콩알 하나를 어두운 땅속에서 싹을 틔우고 잎을 키워내는 과정이 나름대로 한 생명을 탄생시켰다는 뿌듯함으로 다가왔다.

드디어 유월 첫 주, 절기상 씨앗에 수염이 달린 곡식을 파종하기에 알맞다는 망종芒種에 맞춰 땅콩 새싹을 텃밭으로 옮겨 심었다. 아이들의 고사리손이 모여 고랑에 미리 구멍을 내놓은 사이로 저마다의 땅콩을 심었다. 아이들은 그 어느 때보다도 조심스러운 손길로 행여나 다칠세라 새싹을 아기 다루듯 했다. 흙을 돋우고 물을 주고 잘 자라야 한다며 당부까지 하고 돌아서는 모습이 유월의 햇살만큼이나 예쁘고 사랑스러웠다.

언제부터인가 심고 키우고 가꾸는 재미가 생겼다. 그래서 아이들과 함께 식물을 키워보는 활동을 올해는 자주 하게 되었는데 아이들도 좋아하는 눈치였다. 텃밭 한 줄에 감자를 시작으로 땅콩을 새식구로 들이고 해바라기 씨앗을 유치원 담장 아래 흩뿌려놓았다. 이제 하지夏至가 돌아올 즈음이면 아이들과 도란도란 텃밭에 모여 감자를 캐며 우리의 작은 손들이 모여 키워낸 수확의 기쁨을 누릴 것이다. 유치원 마당에는 해바라기가 환하게 웃고 있을 것이고, 가을이 올 때까지는 땅콩이 튼튼하게 잘 자라도록 아이들과 함께 물을 주고, 오가며 예쁜 말도 많이 해줄 것이다. 소담스러운 텃밭에서 식물을 키우고 자라는 기쁨을 알게 된 아이들이 유월의 그 어느 날을 먼 후일 좋은 기억으로 간직했으면 좋겠다.

터널의 끝

다른 여느 때보다도 그날은 왠지 일찍 눈이 떠졌다. 누가 시키지도 않았는데 마당으로 나가 세수를 하고는 곧바로 엄마를 졸라 아침밥을 달라고 보챘다. 하늘은 어둑어둑 아직 동도 트지 않았는데 무슨 생각에서였는지 마음이 다급해졌다. 아직 날이 새자면 좀 더 기다려야 한다는 아버지 말씀에도 아랑곳하지 않았다.

그날 우리 가족은 이른 새벽밥을 먹었다. 나의 막무가내 생떼에 부모님은 반강제로 손을 든 셈이었다. 밥상을 물리고 한창 설거지에 바쁜 엄마 치맛자락을 붙들곤 또다시 나는 엄마에게 매달렸다. 며칠 전부터 벽걸이에 얌전히 걸려 있던 등 뒤로 리본이 달린 분홍색 외투를 이미 완벽하게 빼입고 새로 산 운동화까지 신은 채 방안을 활보하며 부산을 떨었다. 지난 주 장에 가셨던 엄마와 아버지가 사다주신 옷과 하얀 새 운동화였다. 그날은 바로 나의 초등학교 입학식이었다.

지금도 그날을 떠올리면 저절로 입가가 올라간다. 나는 장을 보러나간 엄마를 기다리는 아이처럼 며칠 전부터 나의 첫 입학식을 손꼽아 기다렸다. 당일 아침에는 꼭두새벽부터 일어나 스스로 책가방과 신발주머니를 챙겼고, 아버지는 내 가슴에 하얀 손수건을 달아주었으며 엄마는 나의 손을 잡고 대문을 함께 나서주셨다. 집 앞으로는 그리 크지 않은 강이 흐르고 있었는데 아침 햇살이 내리기 시작한 강가에는 서서히 물안개가 걷히고 햇살을 받아 퍼지는 윤슬이 반짝반짝 나의 걸음을 빛내주었다.

누구나 손꼽아 기다리고 있을 입학식이 자꾸 미뤄지고 있다. 학교는 이미 한차례 개학과 입학식 연기를 결정했다. 그리고 지난 주 또 한 차례 연기로 다음 주까지 학교는 여전히 꽁꽁 얼어붙은 겨울 속 침묵에 잠길 듯하다. 이 같은 사정은 내가 근무하는 유치원뿐만이 아니라 전국 대부분 초등학교와 중고등, 대학들도 마찬가지다. 서울에서 공부하고 있는 아들 역시 기숙사 입사일이 뒤로 늦춰졌다며 최소한의 짐을 싸들고 집으로 내려왔다.

생명이 움트느라 모든 식물이 분주히 봄을 맞이하고 있는데 우리의 일상은 그야말로 휴면기이다. 평온했던 생활들이 초조와 불안으로 가득하고 거의 모든 일에 집중하기가 어렵다. 무엇보다도 주변의 이웃부터 직장 동료들, 길에서 마주치는 모르는 사람들까지 불신이 생겨나는 것 같아 마음이 어수선하다. 몇 달째 이어지고 있는 신종 코로나바이러스 감염증 때문이다. 개학은 물론 입학식까지 학부모들의 걱정이 깊어지고 있다. 그러나 모든 일에는 끝이 있다고 하지 않던가. 지금은 깜깜한 암흑의 터널 속을 가고 있지만, 시간이 흐르면 그 터널의 끝은 환한 세상과 마주할 것이다.

엎어진 김에 쉬어간다고 쉬엄쉬엄, 하고 싶었던 일들을 찾아본다. 창문을 활짝 열어 겨우내 쌓였던 먼지를 털어내며 긍정의 봄기운을 받아들인다. 주말마다 찾던 도서관이 한동안 문을 닫는다니 그동안 사놓고 쌓아두기만 했던 책들을 정리하며 찬찬히 책장도 넘겨본다. 모처럼 아들과 함께할 시간이 늘었으니 이참에 그동안 해먹이고 싶었던 엄마표 집밥으로 심신에 면역력도 단련시켜준다. 함께한 시간만큼 당연히 추억은 덤으로 따라올 것이다. 차근차근 하나씩 풀어나가다보면 머지않아 학교는 문을 활짝 열 것이고 아이는 엄마 아빠의 손을 잡고 병아리처럼 걸어들어와 입학식의 주인공이 될 것이다. 드넓은 운동장에서 사랑스러운 우리 아이들이 뻘뻘 땀 흘리며 뛰놀고 있을 그때가 머지않으리라.

늘 사랑 속에서

아주 오래 전 일이다. 유치원에서 아이들과 생활한 지 몇 해 되지 않던 어느 날 아침 사무실로 전화 한 통이 걸려왔다. 수화기 너머로 들려오는 목소리가 들릴 듯 말 듯 아주 작은 소리였다. 우리 반에서 개구쟁이로 소문난 일곱 살 난 남자아이 엄마였다. 아이의 엄마는 아주 조심스러운 말투로 내일이 어린이날인데 아들이 가장 좋아하는 짜장면을 한 그릇 사 먹이고 싶다며 물었다.

어느 이른 초봄 아이의 손을 잡고 유치원으로 입학원서를 쓰러온 분은 아이의 할아버지였다. 할아버지께서는 아들 내외가 이태 전 이혼을 했고 아들은 저 멀리 다른 지방에서 일하느라 한 달에 두어 번 집에 오며, 며느리는 그 후 연락하지 않고 아이에게도 일절 엄마 얘기는 하지 않는다는 가정사를 세세하면서도 덤덤하게 말씀하셨다. 그러면서 당신께서 아이를 키우는 것이나 마찬가지니 모든 연락은 본인 앞으로 해달라며 입학원서를 작성하고 가셨다.

그렇게 아이의 가정환경을 알게 되었는데 아이 엄마의 전화는 뜻

밖이었다.

더불어 그런 부탁을 하는 예는 지금껏 이쪽 일에 종사하는 이래 처음 있는 일이었다. 그래도 수화기 너머로 느껴지는 간절함이 너무도 절실해보여 머리로는 행정적 절차를 생각하면서 가슴으로는 나도 감성을 앞세웠다. 전화를 끊고 잠시 이성을 되찾고 보니 보호자인 할아버지께 말씀드려야 할 일이 적잖이 걱정되었다. 평소 아이의 엄마에 관해 툭툭 던지는 지나는 말이 그리 달갑지 않아보였기 때문이다. 그래도 어찌하겠는가. 다른 그 어떤 날보다 어린이날에 엄마는 아들이 보고 싶었고 아들이 가장 좋아하는 짜장면 한 그릇을 먹이고 싶다는데….

약속한 날. 아이의 엄마는 유치원으로 짜장면 두 그릇을 배달시켜 아이와 단둘이 빈 교실에서 먹고 있었다. 창밖에는 봄꽃과 여름꽃이 섞여 무더기로 피어 있고 나뭇잎은 한층 더 짙은 초록으로 싱싱한 오월이었다. 아이는 참새처럼 연신 재잘대며 맛있게 짜장면을 먹고 있는데 엄마의 젓가락은 도통 올라갈 줄 모르는 것이 슬몃슬몃 창가로 보였다. 얼추 시간이 흐르고 아이와 엄마가 헤어지는데 아이는 엄마에게 다음에 또 짜장면을 사달라는 말을 하고 엄마는 고개를 끄덕이며 연신 눈물을 훔쳤다. 오월의 하늘은 더없이 푸르고 청명한데 또 언제일지 모를 다음을 기약하는 두 모자 사이도, 그 모습을 지켜보는 내 마음도 착잡했다.

다음 날 아이의 할아버지께서 이 사실을 알고 노발대발 화를 내셨다. 원칙상 아이에 관한 모든 사항은 입학원서에 보호자로 명시

되어 있는 당신과 협의해야 함에도 이를 어겼다는 것이다. 할아버지 말씀이 모두 옳았기에 두말없이 죄송하다는 말만 반복하며 할아버지의 화를 진정시키느라 애를 먹었던 기억. 아주 오래된 일이다.

어느새 오월이 시작되었다. 신록의 가로수길 마냥 온갖 행사가 즐비하게 늘어선 가정의 달. 그 첫 시작의 포문을 여는 어린이날이 되면 가끔 그때 그 일이 생각난다. 그날 이후로 그 엄마는 또 아이를 만나 짜장면을 먹었을까. 그 아이도 이젠 다 큰 성인이 되었고 어느 사회 속의 한 일원으로 살고 있을 텐데 지금은 서로 편하게 연락을 주고받고 있을까. 그리고 행복하게 살고 있을까.

1922년 세계 최초로 '어린이날'을 선포한 방정환 선생은 지난 1923년 어린이날 기념행사에서 「어른들에게 드리는 글」을 통해 이런 말을 했다.

"어린이를 내려다보지 마시고 쳐다보아주시오."

유치원에서 생활하다보면 아이들과의 이런저런 이야기들이 참 많다. 엄마, 아빠의 사랑 속에서 자라는 아이들이 있는가 하면 한부모 가정, 다문화 가정의 아이들도 많이 늘었다. 올해로 100주년을 맞이하는 어린이날, 어떤 유형의 가정 속에서 자라든 우리 아이들이 충분히 보호받고 존중받으며 늘 사랑 속에 자라서 언제나 행복하기를….

여름. 방학을 기다리는 아이들에게

치자꽃 향기가 달콤하게 찾아드는 칠월이다. 온몸으로 자연을 느끼기에 가장 좋은 여름이 본격적으로 고개를 드는 계절이기도 하고 학교는 봄 학기를 마감하며 여름방학을 준비하는 달이기도 하다. 지난해 대학생이 된 아들 역시 이미 종강을 하고 방학 동안 아르바이트와 친구들과의 해외여행 계획으로 바쁜 날들을 보내고 있다.

언젠가 우연히 인터넷을 통해 읽은 '고려대 종강사'가 인상 깊게 뇌리에 남았다. 잔잔한 수면처럼 매너리즘에 젖어 한없이 고요하던 나의 가슴에 던져진 작은 조약돌이라고나 할까. 잔물결을 일으키며 파장은 멀리 그리고 오래 퍼져나갔다. 나를 비롯한 많은 이들이 이 한마디에 위로를 받고 감동을 넘어 공감하였다니 삶이란 누구에게나 비슷비슷한 감성들로 채워지는 듯하다. 나도 이런 멋진 '종강사'를 하고 싶다.

"마케팅처럼 우리가 삶을 살아가는 방식에도 다양한 방식이 있는데 누구나 다 자기 인생의 힘이 되고 원동력이 되는 내적內的 동기들이 있다. 열등감이나 두려움 같은 부정적 감정이 이끄는 삶을 어글리 라이프ugly life, 야망이나 탐욕이 지나쳐 인간관계 등을 해치는 삶은 배드 라이프bad life다. 자기 일과 주변 사람들에 대한 사랑, 이런 감정 때문에 열심히 사는 사람은 자기도 행복하고 남들도 행복하게 만든다. 사랑 같은 긍정적인 감정들이 여러분의 인생을 끌어가게 하세요. 그것이 굿 라이프good life입니다."(고려대학교 경영학과 유원상 교수)

이십대의 청춘들에게 전하는 메시지가 나에게까지 깊은 울림을 주고 있다니 '나는 세상을 헛살았나?' 싶으면서도 지금껏 어떤 삶으로 나는 내 인생을 꾸려왔는지 뒤돌아보게 한다. 열등감에 사로잡혀 남의 뒷모습만 바라보며 살진 않았는지, 탐욕에서 손을 떼지 못해 정작 중요한 무엇인가를 놓친 적은 없었는지, 무지몽매無知蒙昧한 과거의 시간이 현재의 삶에 덧발라져 앞으로 나아가지 못하고 여전히 제자리에서 갈팡질팡하고 있지는 않은지…. 세상의 기준에 흔들려 나를 잃고 살아온 날들이 참 많다.

늦었지만 나의 삶에도 굿 라이프good life를 이입시켜본다. 자신에게 한껏 자존감을 부여하고 가족들에게는 사랑으로 최선을 다한다. 가르치려는 완고함을 털어내고 나니 주변이 온통 친구들이다. 거창한 곳에서 행복을 찾기보다 작고 소소한 즐거움에 집중하며 현재를 받아들인다. 나그네의 옷을 벗긴 건 차가운 바람이 아니라 따뜻한 햇살이었음을 늘 마음에 새겨둔다.

더불어 유치원에서 근무하고 있으니 나도 한 학기를 마무리짓는 멋진 인사말을 미리 준비해본다. 근사한 말이라기보다는 내가 들려주는 한마디가 올망졸망 아이들의 눈 속에 늘 향기를 불러일으키는 꽃으로 피어 있기를 바라며 며칠을 고민 끝에 드디어 예전에 읽었던 책 속에서 숨겨진 문장 한 줄을 찾아냈다.

"사랑하는 새싹반 친구들! 거북이는 토끼보다 길에 대해 할 이야기가 훨씬 많다고 해요. 방학 동안 빨리 걷지 말고, 급하게 뛰지 말고, 거북이처럼 천천히 걸으면서 많이 보고, 느끼고, 간직했으면 좋겠어요. 길가에 활짝 핀 꽃이 보이면 그저 지나치지 말고 반짝반짝 빛나는 눈 속에 담아보고, 줄지어 기어가는 개미들에게 잠시 멈춰 길도 내어주세요. 길에서 강아지를 만나면 손도 흔들어주세요. 우리 새싹반 친구들은 사랑이 많으니 아마도 모두에게 좋은 친구가 될 거예요."

성장의 시간

삼월이 시작되었다. 겨울이 마지막 힘자랑을 하듯 진눈깨비가 흩날리던 날 근무하는 유치원에서는 조촐하게 입학식이 열렸다. 올망졸망 병아리처럼 작고 귀여운 아이들이 엄마의 손을, 혹은 아빠의 외투자락을 잡고 유치원 문을 두드렸다. 학교마다 늘상 있는 이 시기의 가장 기본적인 행사였으나 지난해에 이어 올해도 입학식은 코로나로 인해 우여곡절이 많았다. 학교 관계자들의 분분한 의견이 있었는데 작게라도 행사를 진행해야 한다는 쪽으로 생각이 모여 결국 약식으로 입학식이 이루어졌다.

지난해엔 아예 입학식이란 단어조차 실종되었던 상황을 돌아보면 그나마 다행스러운 일이 아닐 수 없었다. 예년에 비하면 한 시간은 족히 걸렸던 행사가 단 반 시간도 채 걸리지 않았다. 지금껏 치러온 입학식 중 가장 짧은 날이었다. 그리고 다음 날부터 유치원엔 재잘재잘 참새처럼 수다스러운, 그리고 꾀꼬리처럼 아름다운 아이들의 소리로 가득 채워졌다.

사월, 들에는 봄이 짙어지고 있었다. 아이들과 텃밭에 이것저것 채소 모종을 심었다. 첫 고랑에 고구마를 심고 그 옆으로 감자와 토마토, 그리고 땅콩을 심었다. 울타리에는 강낭콩과 호박, 오이 넝쿨을 올리고 옥수수도 몇 포기 담장 노릇 삼아 심었더니 그럴싸한 텃밭이 되었다. 이제 아이들과 하루 한번씩 산책삼아 들러 예쁜 말 열 개씩 들려주고 잘 키워보기로 약속을 했다.

반짝반짝 햇빛이 길을 나서기에 딱 알맞은 날에는 아이들과 소풍도 다녀왔다. 코로나가 여전히 호시탐탐 우리 주변을 노려 걱정이었지만 만반의 대비태세를 갖추고 근처 가까운 자연식물원에서 콧바람을 쐬었다. 길 위에서 함께 꽃잎을 주워 사랑스러운 아이들과 눈처럼 날려보기도 하고 이름 모를 들꽃에 아이들과 둘러앉아 숲해설가 선생님으로부터 새로운 식물 탐색에 귀기울여보기도 했다. 길게 줄지어 걸어가는 개미들에게 잠깐 갈 길을 양보도 해가며 즐거운 한낮을 보내는 사이 어느새 시간은 오월의 속에 있었다.

절기상 낮이 가장 길다는 하지夏至가 지나고 며칠 후 아이들과 드디어 감자를 캤다. 거름을 풍부하게 주지 않아서인지 감자꽃이 환하게 피질 않고 줄기도 연약해 좀 더 땅속에서 키우다가 유월 말이 되어서야 캤다. 감자 줄기를 걷어내고 땅을 파니 울퉁불퉁 감자가 굴러나오고 아이들은 신기한 듯 두 눈을 반짝였다. 저마다 자신의 주먹만 한 감자가 나오면 하늘 높이 번쩍 들어 자랑도 하고, 알이 작은 감자가 나오면 다시 땅속으로 묻어주며 더 튼튼하게 자라라 할 땐 귀여워 미소가 절로 나왔다. 그날 수확한 감자는 아이들 손에 들려보내며 저녁에 부모님과 맛있는 요리를 해먹고 내일 이야기해달라고 숙제도 내주었다.

초록의 들판이 더욱 짙어지는 칠월이 지나가고 있다. 일 년 중 한 학기를 평가하고 마무리하며 지난 주에는 여름방학에 돌입했다. 아이들이 돌아간 넓은 유치원에 휑하니 고요가 가득하다. 참새처럼 쉴 새 없이 재잘거리던 아이들의 목소리가 한동안은 들리지 않을 것이다. 때때로 그런 생각을 할 때가 있다. 아이들과 함께하는 동안은 나도 성장하는 시간이라는 것을. 마음을 열고 들여다보면 한없이 예쁘고 사랑스러운 우리 아이들! 어디서 어떤 시간 속에 있든 행복한 추억을 많이 만들었으면 좋겠다. 그러면 참 좋겠다.

눈물짓지 않는

네다섯 살 즈음으로 보이는 남자아이가 의자에 앉아 몸부림치고 있다. 아이의 엄마로 보이는 이는 의자 뒤에 서서 아이를 붙들고 진정시키느라 애를 먹고, 앞에서는 머리부터 발끝까지 온통 방호복으로 무장한 보건소 직원인 듯한 사람이 아이의 코에 긴 면봉을 넣느라 분주하다. 아이의 저항은 거의 울부짖음에 가깝고 근처에서 줄을 서서 차례를 기다리는 또 다른 아이 몇은 지레 겁을 먹고 울어버린다.

내 차례가 왔다. 신속 항원 접수를 하고 검사를 하려는데 순간 멈칫멈칫 망설였다. 코로나가 발생한 이래 총 세 번의 검사를 해보았고 이번이 네 번째인데 할 때마다 좀체 익숙해지지가 않는다. 그래도 뒤에서 차례를 기다리는 사람들의 긴 그림자가 끝도 없으니 용기를 내 콧속 깊이 면봉을 밀어넣었다. 순간 눈물이 찔끔 났다. 콧속이 욱신거리고 입에서는 작은 비명도 흘러나왔다. 어느새 해를 건너 삼 년 차에 접어든 코로나가 오늘 이렇게 어른인 나를 울리고 사랑스러운 우리 아이들도 울려버렸다.

지난 주 근무하는 직장에 확진자가 발생했다. 올망졸망 유아들이 생활하는 유치원에서 발생한 코로나로 순식간에 모두가 동분서주 바빠졌다. 아이들은 물론 모든 교직원이 가까운 보건소에서 검사를 받았다. 확진을 받은 아이가 다니는 동네 학원에도 비상이 걸리고 직장을 다니는 부모님들은 당장 아이를 어찌해야 할까 하며 발등에 불이라도 떨어진 듯 갈팡질팡하며 확진자에 대한 분노를 표출했다.

확진을 받은 아이의 부모는 온 세상의 죄인인 양 전화를 걸어 상황을 알렸다. 수화기 너머 진심으로 모든 이들에게 미안하다며 한숨을 내쉬는데 들려오는 소리로도 그 마음이 시각적으로 선명하게 보였다. 시내에서 작은 제과점을 운영하며 늘 웃는 얼굴로 아이를 유치원에 데려다주고 언제나 밝은 긍정의 에너지가 가득했던 분이셨다. 그렇게 씩씩하고 좋은 인상의 학부모가 순식간에 주변 사람들로부터 원망의 대상처럼 에둘린 것이 더없이 안쓰러웠다.

다행히 확진자 발생에 따른 일처리는 주말 내내 신속하게 정리가 되어 월요일 아침 평소와 다름없이 유치원 문을 열었다. 그러나 아이들에게는 몇 가지 생활의 제약이 추가되었다. 유치원 문을 열고 들어오는 순간 필수로 하는 열 체크와 손 소독은 물론 이제부터는 친구들과 함께 어울려 놀 수도, 이야기할 수도 없다. 초등학교처럼 일일이 개별 책상을 놓고 서로 뚝 떨어져 앉아 놀아야 한다.

교사들도 마찬가지다. 일정 거리두기로 아이들을 대해야 하고 손을 잡거나 안아줄 수도 없다. 온종일 마스크로 입을 가리니 한창 말을 배우고 상호작용을 해야 할 아이들에게 이만저만한 손해가 아니다. 온기를 전하고 싶어도 전할 수 없는 이 상황들을 아이들은 어찌 받아들일까. 그렇지 않아도 아이들은 늘 '왜요?'를 달고 사는데 아마도 한동안 이 녀석들은 그 질문을 더더욱 놓지 않을 것이다.

연일 확진자 수가 하늘 높은 줄 모르고 있다. 주위에 심심치 않게 나타나는 확진자들. 그들을 대함에 전후 사정을 무시한 채 무분별하게 비난하고 분노하지 않았으면 좋겠다. 차분하게 받아들이고 담담하게 행동하는 어른들이 되었으면 좋겠다. 무엇보다 가장 바라는 건 이제 더는 아이들이 코로나 검사를 받느라 눈물짓지 않았으면 좋겠다. 긴 겨울이 물러나고 따뜻한 봄이 오면 우리 아이들이 서로 함께 어울려 마음껏 놀았으면 좋겠다.

한가위만 같아라

호수처럼 깊고 푸른 하늘 아래 유치원 넓은 마당으로 전통놀이 한마당이 펼쳐졌다. 일정한 거리에 놓인 통 속에 화살을 던져넣는 투호놀이부터 널뛰기, 떡메치기, 제기차기, 말뚝이 떡먹이기 등 그야말로 전통놀이들이 마당 가득 즐비했다. 놀거리는 자연에서 쉽게 구할 수 있는 간단한 재료들이라 아이들에게도 친숙해서 아이들은 금방 놀이에 빠져들었다.

추석을 며칠 앞두고 유치원에서는 '우리나라 전통놀이'에 대해 계획하고 알아보는 시간을 가졌다. 추석 이야기부터 추석에 먹는 송편, 추석날 온 가족이 모여서 함께하는 놀이 등을 이야기하는 한 주였다. 그 활동을 좀 더 확장해 올해는 유치원 마당에 놀이시설을 실제 설치해보기로 했다. 부모님들께 이런 상황을 공지하고 오래 전 어느 마을에서 행해졌을 법한 추석날의 풍경을 재현해보기로 한 것이다.

행사 당일 아침 유치원으로 등원하는 아이들은 곱게 한복을 입었다. 형형색색의 알록달록한 한복을 입고 환하게 웃으며 들어오는 아이들이 흡사 깊어가는 가을 속 눈부신 단풍잎들 같았다. 어떤 아이는 엄마가 해주셨다며 양 갈래로 머리를 땋아 곱게 댕기까지 매고 왔는데 그 모습이 어찌나 사랑스럽던지 한번 더 눈이 가기도 했다.

아이들의 안전을 우려해 유치원에서 정기적으로 자잘한 소일거리를 도와주는 시니어단체 어르신 두 분께도 손을 빌렸다. 전통놀이인 만큼 어르신들도 익숙한 놀이이니 전통놀이가 생소한 아이들에게 큰 도움이 되리라 생각되었다. 다행히 어르신들도 옛날 생각이 많이 난다며, 유년의 한때 추억을 부르는 시간이 될 것 같다며 흔쾌히 도와주겠노라 하셨다.

아이들은 차례차례 규칙을 지켜가며 놀이에 빠져들었다. 널뛰기 앞에서는 모양새가 놀이터 시소 같다며 신기해했고, 투호놀이를 할 때는 통 속으로 화살이 들어갈 때마다 환호를 지르며 좋아하다가 잘 들어가지 않으면 속상해 쪼그려앉아 우는 아이들도 간혹 보였다. 그러면 시니어 어르신들은 아이 옆으로 다가가 어떻게 던져야 투호가 잘 들어가는지 방법을 알려주고 다시 한번 도전해 투호가 들어가면 아이는 어느새 가을 햇살처럼 환하게 웃었다.

더없이 파란 하늘 아래 맑고 투명한 바람이 감돌고 아이들 머리 위로 햇살이 눈부신 날이었다. 처음엔 도와주고자 나섰던 어르신도 어느새 아이들과 함께 즐거운 시간인 듯 즐겼고 시공을 넘나들며 옛 놀이에 집중하는 아이들이 더없이 사랑스러운 날이었다. 우리 모두의 희망이 결국 해를 넘기고 장기전이 되어버린 코로나 앞에서 온갖 행사들이 줄줄이 취소되고 늘 마스크 너머로만 아이들 얼굴을 보아왔지만, 오늘 이렇게 한없이 즐거운 한때를 보내는 모습을 보니 그간의 불편함이 일순간 사라지는 듯하다. 더불어 모든 것이 괜찮아질 것이라고 희망을 품어도 좋을 날이다.

추석이 다가오지만 안타깝게도 지난해와 별반 달라지지 않은 올해의 명절 풍경, 그러나 코로나가 아무리 힘들어도 이 아이들처럼 지치지만 않는다면 이 또한 지나가리라. 실시간으로 확진자 수를 검색하는 것도 이젠 일상이 되었지만, 무엇보다 중요한 건 저마다의 건강과 안전이 아니겠는가. 만남이 조심스러운 명절이지만 그 어떤 해보다도 '더도 말고 덜도 말고 한가위만 같은' 마음의 풍성함만큼은 잃지 않기를.

따뜻한 말 한마디

퇴근길에 제과점을 들렀다. 지인의 아이가 올해 고3 수험생이라 작은 선물이라도 할 요량이었다. 모서리 한쪽 코너에 알록달록 수능 선물 세트들이 눈에 들어왔다. 합격을 기원하는 엿과 찹쌀떡 등 전통적인 응원의 선물부터 초콜릿까지 종류도 다양했다. 재치 넘치는 언어로 수능생을 응원하는 문구들도 시선을 끌어당겼다.

어느 해인가 내 아이도 혹독한 고3 수험생의 과정을 겪었다. 고슴도치처럼 한껏 가시를 세우고 까칠하기 이를 데 없는 모습으로 집안의 서열 순위를 순식간에 바꿔놓았다. 텔레비전에서도 연일 수험생을 위한 프로그램들이 소개되었다. 앞으로 며칠 남았다는 둥, 수험생을 위한 건강관리법 등 세상은 온통 고3 수험생을 위해서만 돌아가는 거대한 시계 같았다. 얼른 수능일이 지나가기를 바랐다. 까칠함은 사라지고 예전의 그 다정다감한 봄날의 아지랑이 같은 아이로 돌아와주기를 학수고대했다.

그런데 대학수학능력평가 날짜를 열두 시간 앞두고 교육부는 돌연 시험을 일주일 연기했다. 포항지역에 지진이 일어났기 때문이란다. 대중매체에서는 1994년 대학수학능력평가 시험제도가 시행된 이래 자연재해로 시험이 미뤄진 초유의 사태라며 특보로 보도했다. 그야말로 '하필이면'이었지만, 포항지역의 지진은 생각보다 깊었고 공포에 휩싸인 사람들의 흔들리는 불안감은 내 아이의 시험보다도 훨씬 중요한 삶의 문제가 아니던가. 일주일 유보된 시험일로 아이들은 더는 보지 않으리라 던져버렸던 수험서들을 되찾느라 학교 쓰레기장을 헤집으며 야단법석의 진풍경들이 이곳저곳에서 목격되었다.

덤과도 같은 일주일을 견디고 다시 아이는 시험일을 맞이했다. 이른 새벽부터 아침밥과 도시락에 정성을 들였다. 앞으로 이 녀석이 살아나갈 삶의 한 획을 긋는 인생의 변곡점이 될 수도 있는 날이라고 생각하니 매사에 신경이 더 쓰였다. 나의 아들만을 위한 온기 백배 밥상을 차렸다. 든든하게 먹고, 집중해서 시험에 임해, 지금까지 노력했던 시간이 좋은 결과로 끝을 맺었으면 싶었다. 아주 오래전 나의 엄마나 할머니께서 마당가 장독대에 정화수 한 그릇을 올리던 심정이 이런 마음이었을까.

이른 아침, 가방을 메고 현관문을 나서던 아이가 갑자기 돌아왔다. 그리고 남편과 나를 거실 바닥에 앉히더니 느닷없이 엎드려 절을 하는 것이 아닌가. 이어 "오늘 시험 잘 보고 올게요." 무뚝뚝한 한마디가 들려왔다. 처음에는 어안이 벙벙했다가, 차츰 웃음이 나오다가, 어느새 눈물이 났다. 이 녀석과의 동고동락한 시간이 주마등처럼 머릿속을 지나갔다. 몸이 약해 철마다 보약을 해먹이면서도

'공부 그만하고 일찍 자라'는 말 한마디를 아꼈다. 나에게 부모라는 이름을 얻게 해준 고마운 아이인데 한창 예민하고 중요한 시기에 작은 일탈이라도 보일라치면 미움과 사랑이 뒤섞여 잔소리를 늘어놓곤 늘 마음이 심산했다.

이맘때가 되면 늘 그날을 떠올린다. 나의 아이가 그러했듯 이 하루를 위해 전국의 고3 수험생들은 지난 한해 폭풍 같은 혹독한 시간을 견뎌냈을 것이다. 작은 말 한마디, 따뜻한 말 한마디가 꼭 필요한 시간이다. 수고했노라고, 더불어 너희들이 걷고 있는 지금의 이 길이 앞으로 살아갈 인생의 전부가 아니기를 바란다고 말해주어야 할 때이다.

2월의 학교는

동료 교사가 다른 학교로 발령이 났다. 맞은편 자리에 앉아 일 년을 동고동락하며 함께 생활하던 좋은 직장동료였다. 매사에 손과 발이 빨라 솔선수범은 기본이고 재잘재잘 참새를 능가하는 분위기 전도사였다. 우리는 그녀로 인해 언제나 즐거웠고 힘든 일도 힘들지 않은 듯 늘 하루가 봄날 같았다.

다른 한 교사는 이번에 재계약을 하지 못했다. 하루에 네 시간만 일하는 시간제 교사였는데 부득이하게 올해는 한 반이 줄어 계약 연장을 할 수 없었다. 하루 반나절의 짧은 날들이었지만 누구보다 밝은 긍정의 에너지로 동분서주하며 아이들과 눈을 맞추고 깊은 사랑을 가르쳐준 멋진 사람이었다. 본인은 이참에 실업급여를 타며 재기의 기회로 삼겠노라 의연했지만, 그 뒤에 감춰진 아쉬움을 남아 있는 이들은 안다.

떠나는 사람이 있으면 들어오는 이도 있다. 올해 우리 학교에는 관리자부터 신규 발령받는 교사까지 대여섯 명이 들고 났다. 편안

한 일상복 차림에 짐을 들고 있으면 떠나는 사람이고, 말쑥한 정장에 반짝이는 구두를 신고 교무실이 어디냐 길을 물으면 그는 필시 들어오는 신규 교사다.

2월은 학교라는 공동체에서 생활하는 이들에게만큼은 특별한 달이다. 한해를 마무리하는 정리의 달이고, 새로운 한해를 시작하는 발판의 달이다. 사계절을 함께했던 아이들을 졸업시키고 텅 빈 교실에서 생각이 많아지는 달이며 다시금 새로운 아이들을 맞이하기 위해 교실을 꾸미고 이름표를 바꿔 달며 준비하는 기다림의 달이다. 떠나고 떠나보내며 온갖 감정이 교차하는 만감萬感의 달이다.

밖에서 들여다보는 안의 학교는 아이들이 보이지 않는 한없이 고요한 휴면의 공간이지만 안에서의 일상은 떠나는 사람의 인수인계와 새로이 들어오는 사람과의 인사 등으로 더없이 어수선한 곳이다. 남아 있는 이들은 배정받은 교실을 찾아 소위 이사라는 것을 하며 새로운 학기를 준비하느라 하루해가 노루 꼬리보다도 짧은 공간이기도 하다. 저마다의 길을 찾아 방향을 잡고 둥지를 틀고 새로운 시작으로의 준비에 더없이 분주한 공간이다.

들고 나는 교사들을 바라보고 있으면 그 사람의 성향을 어느 정도는 알 수 있다. 어떤 교사는 자신이 지난 일 년 동안 생활했던 공간을 떠나는 마지막 날까지 쓸고 닦으며 최선의 애정을 남겨놓는다. 새로 들어올 다음의 주인에게 주는 최소한 배려이다. 교실 사용 후기 설명서를 친절하고도 상세하게 남기는 이가 있는가 하면 청소도 정리도 형편없이 '누가 오든 난 모르쇠'로 일관하는 이도 있다.

조금만 마음을 써서 역지사지를 되새긴다면 좋으련만.

지난해에는 코로나로 인해 개학도 서너 차례나 미루고 입학식도 치르지 못했다. 그러나 올해는 올망졸망 귀여운 아이들과 입학식도 하고 등교 수업 역시 시행한다고 하니 이보다 반가운 소식이 또 어디에 있을까. 무릇 학교란 파릇파릇 새싹 같은 아이들 웃음이 교정에 가득하고 하늘 끝에 닿을 듯 열정 넘치는 우리 교사들이 함께해야 비로소 완전체인 것을….

지금의 이 학교를 떠나 새로운 곳에서 새로이 생활할 우리 선생님들! 부디 어느 곳에서든 따뜻한 말 한마디, 배려할 줄 아는 작은 행동 하나가 누군가에게는 평생 등불이 되기도 한다는 것을 잊지 않기를 빈다.

부득이하게 학교를 떠나야 하는 나의 든든했던 동료여! 조급함은 잠시 뒤에 두고 찬찬히 준비하며 자기만의 길을 포기하지 않는 멋진 교사로 다시 재회할 수 있기를 나는 소망합니다.

사랑하는 아이들아! 교문을 활짝 열어놓고 너희를 기다린다. 따뜻한 봄볕에 하루가 다르게 벙글어지는 봄꽃처럼 어서 오렴.

해를 보내며

어느덧 시간은 돌고 돌아 2021년이 도착점을 향해 있다. 하루의 절반을 차지하는 유치원 앞마당에도 커다란 크리스마스 트리에 달린 전구가 반짝반짝 빛나고 방송에선 연말 분위기의 기사들이 주를 이룬다. 여기저기에서 보내오는 달력으로 한해가 끝나가고 새로운 한해가 다가오고 있음을 눈으로 실감한다.

등기우편을 보내러 우체국에 들렀는데 새해 달력을 준다. 유치원 아이들의 간식을 배달받는 업체에서도 달력을 보내오고 친분이 있는 보험회사의 보험설계사는 물론 자주 드나드는 커피집에서는 모처럼 다이어리를 제작했다며 선물로 한 권을 건넨다. 떠오르는 태양을 향해 한해를 다짐하던 때가 엊그제였건만 시간은 어찌나 빠른지 돌아보니 찰나로 여기까지 온 듯하다.

오늘은 유치원에서 졸업 행사가 있었다. 알록달록 풍선으로 식장 입구를 장식하고 단상에는 그간 열심히 생활한 아이들에게 줄 상장과 함께 선물도 푸짐하게 올려놓았다. 코로나 여파로 학부모님과 함께하는 졸업식은 아니었지만 한 명 한 명에게 상장을 전달하며 나름 아기자기하게 웃으며 졸업을 축하했다. 식이 끝나고 현관 밖에서 기다리고 있는 부모님께로 아이들을 내보내며 그 아이들이 보이지 않을 때까지 손을 흔들었다. 해마다 겪는 일이지만 보내고 헤어지는 이 시간은 아무리 오랜 세월이 흘러도 좀체 익숙해지지 않는 것 같다.

사랑으로 키우고 보듬었던 아이들이 모두 떠나고 나니 텅 빈 교실에 정적만이 가득하다. 참새처럼 재잘재잘대며 꽁무니를 따라다닐 때는 하루 중 단 십 분만이라도 고요한 내 시간이 있었으면 좋겠다 싶었는데 막상 보내고 나니 이 녀석들과 함께하던 날들이 더없이 즐거운 추억이었다. 더군다나 어떤 아이가 놓고 갔는지 책상 위에 삐뚤빼뚤 접은 하트 모양 색종이와 막대사탕 하나가 나란히 놓여 있는 걸 보는 순간 온갖 감정이 차올라 순간 울컥했다.

나무에 새순이 돋고 화단에 아지랑이 모락모락 피어나던 때 참새처럼 귀엽고 병아리처럼 여린 아이들 열다섯 명이 내게로 왔다. 온종일 재잘재잘 쉴 새 없이 떠드는 아이, 공룡을 좋아해 공룡 인형을 늘 옆에 놓고 놀던 아이, 단풍잎 같은 손으로 철자법을 무시한 편지를 써서는 몰래 주머니에 넣어주던 아이 등 생긴 외모만큼이나 아롱다롱 천진난만한 아이들은 앞마당의 해바라기처럼 몸도 마음도 쑥쑥 잘 자라주었다.

처음에는 울기도 잘하고 양보할 줄도 모르며 친구들과 잘 어울리지 못하고 혼자 구석에서 놀던 아이들이었다. 이 아이들을 어찌하나 했는데 봄이 가고 여름이 오고 가을을 지내는 동안 많은 것이 변해 있었다. 길어진 다리로 축구도 하고 훌라후프를 유연하게 잘 돌리며 동화책을 읽어주면 집중해 듣고 나서 궁금한 점을 질문도 곧잘 했다. 혼자 놀고 있는 친구에게 다가가 같이 놀자며 손을 내밀기도 하고 미안해할 일에는 서슴없이 사과도 잘했다. 함께 더불어 살아가는 공동체 생활의 규칙을 배워나가고 배려의 개념을 이해하며 나날이 성장하는 아이들을 보고 있으면 절로 입가에 웃음이 묻어났다. 어찌 사랑하지 않을 수 있겠는가. 나 역시 이 아이들에게 배우며 성장하는 순간순간이었기에 감사함이 깊은 날들이었다.

언제 어디서건 사랑스러운 우리 아이들이 세상에서 가장 행복했으면 좋겠다. 많은 꿈을 꾸고 그 꿈을 향해 거침없이 나아가며 거창한 데서 행복을 찾기보다 사소한 즐거움으로 하루하루를 채워나가기를…. 더불어 유치원에서 배웠던 가장 기본적인 생활의 규칙들을 잊지 않고 늘 실천해주기를…. 코로나로 여전히 힘든 한해였지만 꿋꿋이 잘 이겨내고 열심히 살아낸 저마다의 2021년이여, 참으로 수고했다.

제5부
시간의 문 앞에서

나는 소망합니다

눈이 내렸다. 사람도 세상도 모두 잠든 지난 밤을 틈타 꽤 많이 내렸다. 아파트를 에둘러 싸고 있는 소나무에도, 도로변 이팝나무 가지에도 눈송이는 탐스럽게 꽃처럼 피어 그 풍경이 가히 장관이었다. 이제 휴면기에 접어든 텅 빈 들녘은 물론 아파트 길 건너 교회 뾰족지붕 탑에도 눈은 온통 순백 빛깔로 고요히 내려앉아 숨을 고르고 있었다. 새해 들어 내린 첫눈이었다.

유년시절 해마다 겨울이면 내 고향에도 눈이 자주 내렸다. 밤새 소리도 없이 소복소복 내려앉아 아침에 일어나면 넓은 뜰 안이 온통 흰 빛으로 눈이 부셨다. 마당 한 귀퉁이 땅속 깊이 김장독을 묻고 짚을 엮어올린 지붕 위에도 함박눈이 내려앉았다. 햇볕이 가장 오래 머무는 장독대 장독들은 어느새 눈사람이 되어 불룩한 배를 내밀고 옹기종기 저희끼리 정다웠다.

무릎까지 차오르도록 눈이 많이 내린 날이면 아버지는 할머니가 기거하고 계신 사랑방에 군불을 지피고 나서 대빗자루로 마당을 쓸었다. 엄마도 부엌 아궁이에 불기운을 넣고 나면 함께 눈을 치웠다. 수숫대를 엮어 만든 작은 빗자루로 봉당까지 올라와 할머니 털신부터 내 동생 운동화까지 내려앉은 눈을 탁탁 털어냈다. 이른 새벽부터 사락사락 아버지와 엄마의 비질 소리에 우리 자식들은 깨우지 않아도 앞다퉈 일어나 마당으로 나와 온통 하얀 세상에 입이 벌어졌다.

아버지는 눈을 쓸고 그 옆에서 나와 동생은 눈사람을 만들었다. 아버지가 눈을 굴려 내 키만 한 높이로 눈덩이를 맞붙여주면 나는 나뭇가지를 이용해 눈과 코를 만들고 동생은 병뚜껑으로 입을 붙였다. 수돗가의 양동이를 가져다 모자를 씌워주고 내 목도리를 둘러주는 것으로 눈사람이 완성되었다.

눈을 굴려 눈사람의 초안을 만들어준 아버지와 자주 사용하는 양동이를 그때만큼은 며칠씩 눈사람에게 양보해준 엄마와의 눈 온 날 기억은 지금도 우리 남매가 공유하는 즐거운 추억 중의 하나다. 그와 더불어 모양도 각기 다른 눈사람이 집집이 한둘씩 만들어져 대문 앞이나 골목길에 세워놓은 모습은 그 집 앞을 지나치는 동네 사람들의 눈을 즐겁게 하는 소소한 볼거리이기도 했다.

며칠 전 온라인 커뮤니티에는 수년 만에 내린 폭설에 다양한 캐릭터의 눈사람을 만들어 보는 이를 즐겁게 한 사진들이 올라왔다. 어느 지역 한 프랜차이즈 카페 앞에는 소위 요즘 아이들의 대세라는 '겨울왕국'의 엘사 공주가 눈으로 재탄생되었고 또 다른 지역 버스 정류장 앞에도 버스를 기다리는 잠깐의 즐거움을 위해 누군가

앙증맞은 눈사람을 만들어놓은 영상이었다. 문제는 그 이후였다.

누구나 보고 있으면 절로 미소가 번질 듯 사랑스러운 눈사람을 이유도 없이 무너뜨리고 훼손하는 일부 어른스럽지 못한 행동을 하는 이들이 있었다. 그 길을 지나다니는 사람들을 위해 눈을 뭉치고 다듬고 만들었을 누군가의 마음을 알고 헤아린다면 최소한의 예의는 지켜야 하지 않을까. 눈사람을 만든 사람도, 귀여운 눈사람을 보면서 잠깐이라도 즐거웠을 사람들 사이의 따스한 공감의 정을 무시한 이기적인 행동에 마음이 씁쓸했다.

교육자이자 저술가인 석학 이어령 교수는 새해 시제詩題로 '눈물 한 방울'을 지금 우리에게 가장 필요한 화두로 삼았다. 그는 온 인류가 절망과 공포에 휩싸여 있는 지금 나를 위해서가 아니라 모르는 타인을 위해서 흘리는 눈물, 인간의 따스한 체온이 담긴 눈물, 우리에겐 어느 때보다 뜨거운 눈물 한 방울이 절실하다고 피력했다.

코로나로 여전히 힘들고 암울한 시기이지만 새해가 아닌가. 새로운 마음으로 그 어느 때보다 타인을 배려하고 존중하는 마음이 가득한 한해가 되길 바란다. 내가 주어가 아닌 상대를 주어의 우위에 놓고 그의 언어에 진심으로 귀를 기울이며 타인의 감정에 공감과 위로가 되어주는 모두에게 따뜻한 한해가 되기를 눈 내리는 아침 창밖을 바라보며 나는 소망한다.

특별한 보통

새해 첫날이었다. 베란다 창 너머 먼 산 위로 태양이 솟아오르며 붉은 빛을 발하는 통에 눈을 떴다. 그 어느 때보다 일찍 일어나 집 근처 수정산 정상에 올라 가장 먼저 해돋이를 보리라 마음먹었건만 다 글러버렸다. 해는 어느새 중천에 떠올라 나의 게으름을 힐책하기라도 하듯 창틈을 비집고 연신 빛을 쏘아댔다.

이왕 늦은 거 조금 더 게으름을 피워보리라 싶었다. 늘 그러하듯 항상 머리맡에 두고 눈을 뜨면 가장 먼저 손을 뻗어 열게 되는 휴대폰을 눌렀다. 그런데 이게 웬일인가. 휴대폰이 먹통이다. 텔레비전도 마찬가지였다. 지난 밤 늦게까지 아무 이상 없었는데 간밤에 무슨 일이 있었는지 이리저리 휴대폰과 텔레비전 리모컨을 양손에 쥐고 한참 씨름을 했다. 허사였다.

결국은 통신사에 전화를 걸었다. 내가 사는 아파트 전역에 기지 오류가 발생해서 한 시간째 긴급 수리를 하고 있는데 죄송하다며 조금만 더 기다려달라는 목소리가 돌아왔다. 이미 이런 전화가 한

두 건이 아니라는 듯 목소리에는 피로감이 역력했다. 잔뜩 화가 나 있는 상태였으나 새해 첫날부터 수많은 민원에 시달렸을 것을 생각하니 직장인의 공통분모가 만들어낸 역지사지의 심정이 떠올라 더는 말하지 않고 수화기를 내려놓았다.

분신과도 같은 휴대폰의 복귀를 기다리면서 우연히 눈에 들어온 책 한 권을 집어 들었다. 장영희 교수의 『문학의 숲을 거닐다』라는 에세이였다. 아주 오래 전 한창 파릇파릇 혈기왕성했던 시절에 읽었던 기억이 있다. 이후 몇 번 이사 다니며 잃어버려 아쉬움이 컸는데 지난해 말 63쇄가 발행되어 기념으로 사둔 책이었다. 이참에 옛날 기억을 되살리며 다시금 찬찬히 읽어보리라. 처음엔 그리 한 페이지를 넘겼다가 아침도 거른 채 한나절 책과 눈을 맞춘 새해 첫날이었다.

가장 눈이 갔던 대목은 아마도 책 중반쯤에 나오는 「'특별한' 보통의 해」이지 싶다. 새해가 더도 말고 덜도 말고, 별로 '특별'하지 않은 가장 보통의 해가 되었으면 좋겠다고 한 부분이다. 무슨 특별하게 좋은 일이 일어나거나, 대단한 기적이 일어나지 않아도 좋으니 그저 누구나 노력한 만큼의 정당한 대가를 받고, 상식에서 벗어나는 기괴한 일이 없고, 별로 특별할 것도, 잘난 것도 없는 보통 사람들이 서로 함께 조금씩 부족함을 채워주는 세상을 그려는 소망했다.

나 역시 새해를 맞이해 올해는 그야말로 가장 보통의 해가 되길 바란다. 봄이 오면 당연히 학교는 문을 열고 입학식을 하고 교정 가득 아이들의 재잘거림이 아지랑이처럼 피어오르기를 희망한다. 지난해부터 그림자처럼 따라붙었던 마스크로부터의 해방과 사회적 거리두기가 사라지는 날을 기대한다. 그리하여 좋은 사람들과 함께 맛있는 밥을 먹고 즐거운 이야기로 반가운 모두의 평범한 하루하루가 되기를….

어쩌다 휴대폰이 아닌 책으로 새해 아침을 열게 되니 온종일이 좋다. 남은 364일이 선물처럼 좋은 일들로 채워질 것 같은 느낌마저 든다. 전에는 미처 느끼지 못했던 어떤 뿌듯함이 긴 여운으로 남아 있다. 그런 의미에서 올해는 휴대폰과도 적정한 거리를 유지해야겠다는 다짐 하나를 또 한다. 잠시라도 틈이 생기면 휴대폰을 찾고, 열고 확인해야만 하는 무의식적 습관으로부터 올해는 반드시 벗어나보리라.

설날 단상斷想

작은 시골 동네에 오일장이 열렸다. 시절로 치면 곧 설 명절이 시작되니 오늘이 대목장인 셈이다. 오후 들어 날씨가 따뜻해지자 사람들이 하나둘씩 장터에 모여든다. 한 손에는 작은 손수레를 끌고 얼굴에는 마스크를 단단히 쓴 중년의 아낙들이 지나가고 시장 상인들은 열심히 자신들의 물건을 내보이며 목청을 돋우는 가운데 모처럼 장터에는 활기가 돈다.

유년시절, 설이 다가오면 내 고향 시골에도 생기가 돌았다. 산도 들도, 마을도 더할 나위 없이 고요한 동네에 모처럼 사람 사는 냄새가 났다. 며칠 전부터 집집마다 굴뚝에 연기를 피워 두부를 하고 조청을 묻혀 한과를 만들었다. 그리고 마을 떡방앗간에 사람들이 북적이면 그날부터 이미 명절은 시작된 것이었다.

설을 기다리며 만드는 엄마의 음식 중 가장 으뜸은 엿이었다. 이틀 가까이 사랑방 아궁이에 장작불을 때고 커다란 가마솥에 엿을 고았다. 처음엔 멥쌀과 엿기름으로 흡사 쌀뜨물처럼 멀건 물이 적당히 졸여지면 달콤한 조청이 되고 엿이 되었다. 가을에 수확해 창고 시렁 위에 고이 올려놓은 땅콩을 꺼내 볶아놓았다가 뜨거운 조청이 굳기 전에 얹으면 땅콩엿이 되고 검은콩을 볶아 올리면 영양 만점 콩엿이 되었다. 그 중에서 가장 인기가 많은 건 참깨를 듬뿍 얹은 고소한 참깨엿이었다.

설 연휴가 시작되면 타지에 나가 있던 식구들이 모여들었다. 종갓집이었던 우리 집으로 가장 먼저 작은집 식구들이 찾아왔다. 곱게 한복을 차려입은 숙모는 양손 가득 집안의 가장 어른인 할머니의 내복부터 식구 수대로 양말을 사들고 들어오셨다. 학업 때문에 집을 나가 있던 언니와 오빠도 왔다. 둥근 밥상 두 개를 펴고 온 식구가 저녁을 차려 먹고 나면 방 하나엔 남자들이, 또 다른 방 하나엔 여자들이 모여 하룻밤을 잤다.

설날 당일이면 차례상 차리기에 집안의 여자들이 총출동했다. 엄마가 가마솥에 밥을 하고 탕을 준비하면 숙모는 나물을 무쳤다. 언니는 마당에 마련된 아궁이 군불에서 김을 굽고 나는 수저와 그릇을 챙겼다. 여자들이 음식을 만들고 아버지와 숙부님을 비롯한 오빠가 차례상을 차리면 비로소 방문 하나를 조용히 열고 차례 지내기가 시작되었다. 음식을 장만하고 차례상에 올리는 시간은 며칠이었으나 차례를 지내고 상을 물리는 시간은 참으로 간단한 찰나였다.

아침 차례상을 치우고 나면 마을 남자들은 집집이 어른들이 계시는 댁을 찾아 새해 인사를 다녔다. 우리 집에는 할머니가 계셨기에 많은 이들이 세배를 왔다. 그러면 부엌에서는 덩달아 손이 바빠졌다. 간단하게라도 다과상을 차려야 했기 때문이다. 고스란히 엄마의 설날은 부엌과 안방 문턱을 오르내리느라 명절 내내 고단한 날들이었다. 더불어 초록색 낡은 대문 역시 방문객들을 위해 항시 열어놓은 채 들고 나는 세배객을 맞이하느라 밤 늦도록 닫히는 법이 없었다.

지금은 할머니도 경치 좋은 선산에 누워 세배를 받는다. 할머니가 돌아가시고 아버지 세대들이 도래했으나 그의 자식들은 도회지로 나가면서 동네는 빠르게 적막해졌다. 이제 더는 대문을 열어둘 일도 없어졌다. 올해는 더더욱 코로나로 인해 고향에 갈 수조차 없게 되었다.

해마다 돌아오는 명절. 온종일 사랑방 아궁이에 불기운을 넣어 가마솥에서 두부를 만들고 조청을 고아 온갖 종류의 엿을 만들어 며칠 동안 입이 즐겁던 그 시절이 자꾸 생각난다. 떡방앗간에서 뜨끈뜨끈한 가래떡을 갓 뽑아 대야에 이고 집 대문을 들어서던, 세상에서 가장 씩씩하던 엄마의 낡고 얼룩진 무명치맛자락. 당신에겐 더없이 고단한 명절이었겠지만 온 식구가 둘러앉아 북적이던 그때가 나는 요즘 자주 그립다.

하나면 된다

그녀는 오늘도 새벽 네 시에 일어났단다. 블루베리가 익어가는 철이라 요즘은 동도 트기 전에 농막에서 하루를 시작한다고 했다. 두어 시간 남짓 열매를 따고 나면 멀리 보이는 앞산 위로 붉은 해가 떠오르는 장관을 볼 때마다 새롭단다. 새로움은 늘 그녀에게 삶의 활력소인 듯 참으로 씩씩하다.

바쁜 아침, 출근을 서두르는데 그녀는 새벽에 땄다며 블루베리 한 통을 내 차에 실어주고 유유히 사라졌다. 함께 글을 쓰며 알고 지낸 지 수 년째, 소박하게 즐기듯 농사를 짓고 틈틈이 농막에서 열심히 글을 쓰며 이순耳順의 나이를 멋지게 사는 그녀가 좋다.

한 달에 한번 유치원 아이들과 함께 숲체험수업에서 만나는 숲해설가님도 대단한 분이다. 그분은 다니던 직장에서 정년퇴직 후 제2의 삶을 살고자 유아 숲해설가 자격증에 도전했단다. 지금이야 전국에 양성기관이 설치되어 마음만 먹으면 쉽게 배우고 자격을 갖출 수 있지만 몇 년 전만 해도 가르치는 기관이 별로 없어서 서울까지 손수 운전해 오고가며 수업을 들었다니 그 과정이 얼마나 고단했겠는가. 그러나 그 고단함의 끝은 젊은 시절 교사가 꿈이었던 소망을 이루게 했고 인생 후반기엔 현장에서 사랑스러운 아이들을 가르치며 얻는 보람과 즐거움 속에 안착했단다.

나에게 처음 수필에 입문하도록 길을 열어주신 은사님은 올해로 이미 팔순을 넘기셨다. 나이를 핑계 삼아 느슨해질 법도 하건만 흐트러짐 없이 누구보다 당신의 삶에 열정이 깊다. 돋보기안경을 눌러쓰고 깨알 같은 노트북 자판을 두들겨 매달 이곳저곳에서 들어오는 원고 청탁을 거뜬히 소화해내고, 하루 한 시간 집 근처 하천길을 따라 산책하며 사색하는 모습은 흡사 철학자 칸트를 연상케 한다.

그런가 하면 단골 미용실 원장님은 자조 섞인 말로 자신을 비하하곤 했다. 젊어서부터 시작한 미용업이 어느새 강산이 세 번 바뀔 세월을 거쳤건만 갈수록 마음은 텅텅 비어가고 있는 것 같다고…. 처음 일을 시작할 때는 자식들 키우며 먹고사느라 열 평 남짓 미용실에서 거의 살다시피 했단다. 어느 날 문득 돌아보니 자식들은 모두 성장해 더 넓은 세상으로 날아갔고, 늘어난 건 손님 머리 만지느라 망가진 손과 본인의 나이뿐이라며 일밖에 모르던 자신의 과거를 되돌리고 싶다며 푸념 아닌 푸념을 자주 드러낸다. 미용업 외엔 딱히 잘하는 것도 없고 배우고 싶은 것이 있어도 자신이 없다며 망설이고 주저하다 여기까지 왔단다.

나는 한때 아내였고 엄마였고 근면 성실한 직장인이었다. 일밖에 모르는 남편은 늘 바깥일로 바빴고 하나뿐인 아들은 어려서 잦은 병치레로 손이 많이 갔다. 퇴근하면 아이를 데리고 이곳저곳 병원을 오가는 동안 나에게 허락되는 시간은 그리 많지 않았다. 이래저래 촘촘한 시간 사이로 세월이 흐르니 어느새 남편은 남편대로, 아이는 아이대로 저마다의 위치에서 자리를 찾고 내게도 조금씩 시간이 주어졌다. 퇴근 후 사람들과 만나 함께 저녁을 먹고 소소한 이야기를 나누는 여유로운 날도 생겼다. 그런데 어느 날부터인가 공허함이 몰려왔다. 쓸데없이 크게 웃고 떠들다 들어온 날이면 허한 듯 마음에 휑하니 바람이 불었다. 그때 생각난 것이 독서였다. 학창시절에는 밤 새워 책도 많이 읽었는데 어느 때부터인가 손에서 놓고 살았다. 한동안 잊고 지냈던 독서의 취미가 불현듯 되살아났다. 좋은 글 한 편을 읽고 나서 인생의 궤도를 바꾸는 때가 있다고 하지 않던가. 지금 나는 책도 읽고 글도 쓰니 하루하루가 좋다.

새벽이슬을 밟으며 블루베리를 따고 나눠주는 재미로 사는 그녀 역시 열매가 익어가는 모습을 보면 흐뭇하단다. 단조로운 일상에 활력소가 된단다. 초록으로 둘러싸인 숲속에서 아이들과 한바탕 놀고 나면 저절로 입가에 미소가 지어진다는 숲해설가님 역시 본인의 직업에 자부심이 대단하다. 팔순의 노년을 건강하게 유지하는 은사님에겐 언제 어디서건 보이지 않는 단단한 무언가가 있다. 미용실 원장님께서도 본인을 조금만 더 자세히 들여다보았으면 싶다. 누구나 살면서 한 가지 취미만 있어도 삶은 풍요롭고 즐거울 수 있다.

정신의 방

길옆에 핀 꽃만 봐도 설레는 봄이다. 아침마다 출근길에 지나치는 어느 마당 깊은 집 대문 옆에는 오래 참았다는 듯 목련이 반짝반짝 입을 열어 봄 냄새를 풍긴다. 아파트 건너 야트막한 산 아래 옹기종기 모여앉아 마을을 이룬 전원주택가에도 온통 연노랑에 분홍빛이 감도는 것이 천상 교목이 봄을 만나 꽃을 피운 것이리라.

지난 주말에는 모처럼 내린 봄비로 소소한 나들이를 포기했다. 거창한 계획을 세워 벚꽃 구경을 떠나는 것은 아니더라도 가까운 교외로 나가 화사한 봄꽃을 바라보며 향긋한 차 한 잔 마시며 따뜻한 봄볕 속에 묻히고 싶었다. 그러나 결국 집 안 창가에 앉아 토닥토닥 떨어지는 빗소리를 들으며 책과 하루를 보냈다.

그날 아침, 나는 버지니아 울프의 책 『자기만의 방』을 읽다가 그녀가 죽은 지 올해로 80주기 되는 날이라는 것을 알았다. 1941년 3월 28일, 20세기 영국 최고의 모더니스트 작가 버지니아 울프는 이른 아침 남편에게 산책을 다녀오겠다는 메모 한 장을 남기고 집을 나선다. 그리고 근처의 아우스 강가에 모자와 지팡이를 놓아둔 채 자신의 호주머니 속에 돌멩이를 가득 넣고 강으로 뛰어들어 스스로 자신의 생을 마감하였다.

그녀가 내게 제대로 각인된 것은 1928년 가을 그녀가 케임브리지 대학에서 '여성과 픽션'이라는 주제로 강연을 하고, 이를 토대로 쓴 책『자기만의 방』을 접한 후부터다. 한창 젊고 패기 넘치던 시절에 우연히 읽은 후로 마음에 새긴 손꼽히는 책 중에 한 권이다. 페미니즘적 요소가 깃든 이 책은 여성이 글을 쓰기 위해서는 자기만의 방과 적당한 돈이 필요하다며 정신적으로 그리고 물질적으로의 자립을 강조한 글이다.

학창 시절 내가 살던 집에는 방이 세 개였다. 안방에는 부모님과 어린 남동생이 쓰고 건넌방에는 한창 공부하는 오빠가 독차지했다. 그리고 남은 사랑방엔 할머니와 내가 살았다. 그러나 엄밀히 말하면 내 방이라기보다는 할머니의 방이라는 표현이 맞을 성싶다. 천장 높이 닿을 듯한 오래된 옷장이 있었고 할머니의 온갖 잡동사니를 집어넣은 칠 벗겨진 낡은 서랍장과 그 위로 이불을 올려놓은 것이 전부였던 작은 방이었다. 내 짐이라곤 학교에서 배우는 책 몇 권과 공책이 전부였다.

할머니는 언제나 초저녁잠을 주무셨다. 그 무렵 소설에 한창 재미를 붙인 나는 어쩔 수 없이 이불 속에서 손전등을 켜고 책을 읽었다. 현대문학전집을 가진 까칠한 부잣집 친구에게 빌려온 책이니 밤새 읽고, 다음날 돌려줘야 했기 때문이다. 밤하늘이 내다보이는 네모난 창이 달린 벽면 아래 나무 향이 나는 책상을 놓고 환한 등불에 의지해 밤새워 책을 볼 수 있었으면 얼마나 좋을까. 그런 생각을 참 많이 했던 시절이었다. 그러나 부족함 속에서의 절실함은 때때로 그 이상의 진가를 발휘할 때가 있다. 그때 읽었던 문장들은 어느새 지금 내 습작의 든든한 밑거름이 되었고 가난했던 그 이불 속은 훗날 글쟁이가 되게 한 소중한 나의 첫 번째 방이었다.

어느 작가는 그가 거쳐왔던 수많은 방에 대해 어떤 방은 가난의 비참함을 일깨워주었고 또 어떤 방은 문학의 통로를 열어 보여주었다고 말했다. 그와 더불어 작고 남루한 그 수많은 방이 일러준 소중한 것은, 자신이 살고 있는 실제의 작은 방보다 정신의 방이 넓어야 한다는 깨우침이었다고 한다.

지금 나는 그 시절 꿈꾸던 많은 소망을 이루었다. 창문이 있고 결이 좋은 원목의 책상을 들여놓은 넓은 서재를 가지고 있다. 그러나 물질적으로 완벽한 드넓은 방만큼이나 정신의 방도 비례해 넓은지 돌아보면 마음이 허허롭기 짝이 없다. 늘 화려한 외관에 머물러 있다. 더 늦기 전에 정신적 자립의 방을 만들어야 한다.

벗이 되고 곁이 되는

토요일 오후 앞집 할머니께서 봄나물 한 바구니를 주셨다. 푸릇한 기운이 도는 싱싱한 냉이와 달래였다. 그렇지 않아도 입맛이 없어 오늘은 무얼 먹을까 고민하던 찰나에 여간 반가운 게 아니었다. 냉이는 냉이대로, 달래는 달래대로 근처 마트에서 손쉽게 사다먹는 나물과는 비교도 안 될 만큼 그 향이 깊고 진했다. 역시 시골의 봄은 꽃보단 나물이라는 말이 제격이다.

할머니 덕택에 저녁 준비에 속도가 붙었다. 우선 쌀을 씻을 때 남겨두었던 쌀뜨물에 집된장 몇 숟가락을 풀고 깨끗이 다듬은 냉이를 넣어 된장국을 끓여냈다. 순식간에 향긋한 냉이 향이 온 집안을 가득 채웠다. 된장국만 끓이기에는 그 양이 많아 조금 남겨서 냉이튀김도 만들었다. 달래는 곱게 다져 각종 양념과 섞어 장을 만들었다. 지난 오일장에 나가 사두었던 파래김을 꺼내 석쇠에 굽고 달래장을 곁들일 생각을 하니 절로 입맛이 살아났다.

곧바로 냉이튀김 한 접시와 파래김, 달래장을 들고 할머니댁 초인종을 눌렀다. 할머니께서는 그새 반찬을 만들었냐며 오늘 일이 적잖이 고단해 아직 저녁도 못했는데 잘 먹겠다며 세월이 내려앉은 거칠고 투박한 손으로 반갑게 받아든다. 그 모습에 괜히 어깨가 으쓱해지며 입꼬리가 올라갔다.

아이가 초등학교 들어가던 해에 이 아파트로 이사를 왔다. 그 아이가 자라 어느새 성인이 되고 군복무 중이니 꽤 오래 이곳에서 살았다. 옆집 할머니도 비슷한 시기에 이곳에 둥지를 틀고 서로 이웃이 되었다. 나는 초등생 아이를 둔 직장인 엄마였고, 옆집 할머니는 가정용 보일러를 설치하는 일을 하는 회사원이자 아직 결혼하지 않은 아들과 단둘이 사는 할머니였다. 그리고 아파트에서 멀지 않은 곳에 자그마한 밭을 일궈 소소한 먹거리를 직접 키워먹는 일을 낙으로 사는 부지런한 분이셨다.

처음 몇 년은 서로 그냥저냥 데면데면했다. 간혹 아침저녁 출퇴근 시간에 엘리베이터 앞에서 마주치면 고개만 살짝 숙일 정도로 눈인사하는 것이 전부였다. 그러나 파릇파릇 시골 들판에 봄이 올라오길 수년째, 몇 해 전부터 점차 이것저것 먹거리를 나눠먹는 사이가 되었다. 봄이면 오늘처럼 밭두렁에 지천인 쑥이나 달래, 냉이를 뜯어 나눠주고, 여름이면 온갖 싱싱한 채소를 다듬어 비닐봉지에 담아 현관 문고리에 걸어놓기도 하셨다.

처음엔 그런 호의에 익숙하지 않아 불편했다. 집 근처에 마트가 있어서 주말마다 필요한 물품을 계획에 맞게 구매해서 생활하는 나로서는 필요 이상의 채소가 그리 반갑지 않았다. 또한, 받으면 답례를 해야 한다는 강박관념에 사로잡혀 고민하는 것도 때로는 스트레스였다. 그러나 점차 나도 나이를 먹어보니 점점 소탈해지고 나날이 굽어가는 할머니 허리를 보면 친정엄마가 생각났다. 그런 이유인지 깊이 생각하지 않고 눈에 보이는 대로 행동하기로 했다. 주시면 감사하게 받고, 잘 먹었다는 인사와 더불어 소소하게 할머니의 일상에 내가 할 수 있는 만큼의 도움을 드리기로 했다.

할머니께서 목욕용품을 챙겨 엘리베이터에 서 계시면 동네 목욕탕까지 차로 모셔다드리고, 아들이 며칠씩 회사에서 출장을 간다고 하면 중간중간 초인종을 눌러 잘 계신지 근황을 살핀다. 오일장이 열리면 함께 나란히 장 구경을 다녀오고 길을 가다 맛있는 빵집을 보면 할머니를 생각한다. 내가 할머니의 일상에 관심을 가지면 내 부모 또한 누군가로부터 도움을 받지 않을까 하는 마음도 있다. 서로에게 벗이 되고 때로는 곁이 되어주기도 하는 이 인연이 아주 길었으면 좋겠다. 할머니와 이웃으로 만나 서너 걸음 남짓 현관문을 서로 사이에 두고 오늘도 냉이와 달래로 주고받는 소소한 일상의 정情이 이 봄날 저녁상을 풍성하게 채우고 있다.

오월에 생각나는 사람

시골 농가는 사월이 지나 오월에 들어서면 더없이 분주해졌다. 부모님은 언제나 논으로 밭으로 농사일에 묻혀 사셨고, 언니와 오빠들 역시 부모님을 돕느라 학교에 가지 않는 주말이면 부모님을 따라 밭으로 불려나갔다. 피부가 예민해서 햇빛을 보면 바로 벌겋게 부어오르는 탓에 나만 늘 텅 빈 집을 지켰다. 하늘도 들도 온통 푸름으로 눈부신 날이면 더없이 고요한 큰 집 안에 홀로 남아 있는 시간이 그리 공허할 수가 없었다.

그렇게 시간이 허무하게 길어질 때 우연히 책 읽는 재미를 알게 되었다. 무료한 일상을 달래주는 데에는 독서만큼 좋은 벗도 없었다. 가족 대부분이 논으로 들로 나가면 눈부시게 햇살이 내리쬐는 마루 끝에 앉아 책을 읽었다. 책을 읽고 있는 그 순간만큼은 내가 늘 주인공이었다. 여러 사람의 삶을 단편적으로 산다는 것 또한 매력이었다. 단편소설부터 한국문학전집, 세계명작집 등 독서는 나의 사춘기 시절까지도 큰 문제 없이 무난하게 잘 지나게 해준 일등공

신이었다.

문제는 아무 때나 장소를 가리지 않고 책을 본다는 것이었다. 노트 필기장을 빼먹어도 그날 읽을 책 한 권은 절대 잊지 않고 가방에 넣고 다녔다. 수업 시간 50분이 끝나고 10분 휴식 시간이면 다른 친구들은 엎드려 잠을 자거나 친구들과 수다를 떠느라 시끄러워도 나는 책을 꺼내 읽었다. 소설 속 이야기가 위기를 넘어 절정에 도달할 즈음 수업 시작을 알리는 종이 울리면 마음이 조급해져 안달이 나기도 했다.

어느 날 결국 일이 터졌다. 무섭기로 소문난 과학 수업 시간에 몰래 소설책을 책상 밑 무릎 위에 올려놓고 읽다가 선생님께 들킨 것이다. 지난 밤 친구에게 어렵게 빌린 소설책 한 권을 오늘까지 모두 읽고 돌려주기로 했건만 마저 다 읽지 못한 터였다. 돌려주어야 할 시간은 점점 앞으로 다가오는데 완독하지 못한 아쉬움이 조바심으로 나타났다. 책 속에 빠져들기 시작하니 선생님께서 바로 옆에 와 계신 것도 몰랐다.

그날 나는 선생님께 읽던 책을 빼앗기고 다음날 아침까지 반성문 한 장을 써오라는 벌칙까지 받았다. 책을 빌려준 친구에게 똑같은 책으로 사놓으라는 엄포를 들어야 했고 남동생이 학교에서 있었던 일을 미주알고주알 저녁 밥상 앞에서 얘기하는 바람에 그날 저녁 엄마에게 눈물이 쏙 빠지도록 혼이 났다. 그리고 속이 상할 대로 상해 저녁밥도 거른 채 반성문을 쓰다 책상에 엎드려 그대로 잠이 들었다.

주말 오후에 빼앗긴 책과 똑같은 책을 사러 시내 서점을 갔다. 그런데 하필 그곳에서 선생님과 맞닥뜨렸다. 피할 수 있으면 피하고 싶은데 선생님은 어느새 나를 알아보고 내 이름까지 불러주셨다. 주눅이 들어 눈도 마주치지 못하고 고개를 푹 숙인 채 애꿎게 신발만 쳐다보고 있는 나에게 선생님이 말씀하셨다.

"책은 돌려줄 것이니 따로 사지 않아도 된다. 보고 싶은 다른 책은 없니?"

그날 나는 선생님께 책 한 권을 선물로 받았다. 더불어 점심도 사주셨다. 아주 맛있는 중국집이었는데 선생님은 짜장면을 시켜놓고 잔뜩 풀이 죽어 있는 나에게 이런저런 당신의 이야기를 빗대 다독여주셨다. 본인도 학창시절 책 좀 읽었고 그로 인해 자주 교무실로 불려다녔단다. 아이러니하게도 반성문을 읽어보니 진정성 있게 잘 썼다는 칭찬의 한마디도 덧붙였다.

그날 선생님께서 사주신 책 한 권은 색이 누렇게 바랜 채 지금도 나의 책장의 한 공간을 차지하고 있다. 그리고 오월이면 그분을 떠올리게 한다. 하루에도 몇 장씩 들어오는 반성문 중의 한 장이었을 테지만 선생님은 세심하게 읽어내려 어린 제자의 마음을 살폈을 것이다. 책 한 권을 사주며 책과 가까이하는 삶을 강조하셨던 그분이야말로 스승으로서 제자를 깊이 아우르는 힘이었다. 나 역시도 아이들을 가르치며 수직적 자세가 아닌 수평적 대화를 잊지 않는다. 그 시절 선생님께서 내게 그러했듯이.

문장 한 줄

"가을이 저물어가던 어느 날, 어김없이 고약한 날씨가 찾아왔다."

세계적인 대문호 어니스트 헤밍웨이가 쓴 책 『파리는 날마다 축제』의 첫 페이지를 시작하는 문장이다. 주말 오후 책장을 정리하다가 우연히 꺼내든 책에서 이 한 줄의 문장이 눈에 들어왔다. 가을 기운이 물씬 풍기는 오후였다. 오래 전 사들여 앞쪽 몇 장 읽다가 덮어버리고 책장에 꽂아두었는데 한순간 나도 모르게 정리는 뒷전으로 미룬 채 방구석에 쪼그리고 앉아 단숨에 읽어내려갔다. 얼마의 시간이 흘렀는지 내게는 찰나였을 법한 시간이 지나보니 밖에는 어느새 어둠이 내려앉았다. 오랜만의 집중이었다.

이 책은 어니스트 헤밍웨이가 1921년에서 1926년까지 프랑스 파리에서 그의 첫 아내와 아이와 함께 작가의 길을 걸었던 파리 시절을 추억하며 쓴 회고록이다. 가난했지만 자기 일에 만족하는 사람은 가난을 힘겨워하지 않는다며 결코 가난에 굴하지 않았고, 사람들로부터 자신의 중심을 지키며 작품을 쓰던 작가의 꼿꼿함과 더불어 그의 주변으로 소소한 일상의 이야기들이 흐르는 강물처럼 은은하게 여운을 남긴다.

헤밍웨이가 젊은 시절 파리에서 지내던 낡은 아파트, 가난하지만 부인과 아들과의 행복했던 일상, 지인들의 집과 예술가들과의 인연, 글을 쓰며 자주 드나들던 카페, 종종 책을 빌려 읽던 서점, 파티가 열리던 몽마르트르, 조각상을 들여다보던 루브르, 아름다운 파리 풍경을 바라보며 산책하던 센 강변 등…. 책을 읽고 있는 그 순간에 나는 한번도 프랑스 파리를 가본 적도 없지만, 헤밍웨이가 살았던 그 도시에 마치 서 있는 듯 페이지 한 장 한 장이 생생하게 묘사되어 있었다.

나도 글을 쓰는 사람이다보니 파리의 아름다운 배경과 더불어 책에서 보이는 헤밍웨이의 문학적 태도에 대해서도 눈길이 가 밑줄을 그었다. 그는 어디를 여행하든 언제나 책을 손에서 놓지 않았고 하루에 두서너 권씩 평생토록 매일 책을 읽었다고 한다. 또한 언제나 매일 같은 시각, 같은 자리에 앉아 글을 썼고 가난해서 늘 굶기 일쑤였지만 노트 한 권, 연필 두 자루가 그 시절 필요한 것의 전부였다고도 회고했다.

"네가 할 일은 오직 진실한 문장 딱 한 줄만 쓰는 거야. 네가 알고 있는 가장 진실한 문장을 써봐."

젊은 헤밍웨이는 가난했고, 알 수 없는 앞날에 대해 불안함이 늘 엄습해왔지만 이에 굴복하지 않고 계속 글을 쓰며 진실한 문장 하나를 쓰게 된다면 글은 풀리게 마련이라며 자신을 독려했다고도 이 책은 일러준다. 수사적인 표현이나 과장된 문장들을 버리고, 간결하고 진솔하며 사실에 바탕을 둔 문장을 출발점으로 삼아 경험을 통해 알고 있는 주제에 대해서만 글을 쓰기로 했다는 말은 작가로서 내가 배워야 할 최소한의 원칙이기도 하다.

창밖 너머 울긋불긋 고운 단풍으로 가득한 가을이 손을 흔든다. 생활의 굴레에서 벗어나 아무것도 생각하지 말고 무작정 어디라도 떠나고 싶은 계절이다. 그러나 여전히 코로나는 일상처럼 우리 생활 속 깊이 관여하고 실시간으로 확진자 수를 알려오는 통에 집 밖을 나서는 일에는 대단한 용기가 필요하다. 이때 마음을 가다듬을 좋은 책 한 권, 좋은 문장 하나를 만나면 그것은 잠깐이라도 아주 의미 있는 일이리라. 어느새 절정을 향해 가고 있는 이 가을! 어떤 독서가 되었든 저마다의 마음속에 책 한 권쯤은 담아놓고 일용한 양식으로 삼았으면 싶다.

하루 한 시간 그리고 십 분

새해가 되고 가장 처음으로 시작한 일은 근처 요가학원에 문을 두드린 일이었다. 지난해 시월 즈음 집 근처에 요가학원이 문을 열었다길래 오며가며 눈여겨본 기억이 난다. 그리고 새해 첫날 큰 뜻을 품고 수강 등록을 했다. 가까운 매장에 들러 요가 매트를 사고, 인터넷으로 요가복도 두 벌 장만했다.

'요가를 해야겠다.' 마음먹은 이유는 간단했다. 불혹不惑을 넘어 오십의 반열 앞에 서니 자잘하게 여기저기 몸이 아팠다. 어깨가 결리고 허리가 쑤시고, 다리도 자주 부었다. 발바닥에 통증이 느껴져 걷는데 불편한 날도 점점 늘어나고 몸이 편치 않으니 마음도 가라앉았다. 한없이 내려앉은 몸과 마음을 일으켜 세우고자 마음먹었으니 이제 나는 '요가'의 힘을 빌려 십대 못지않은 유연성과 다이어트에 성공한 건강한 몸매를 가질 수 있으리라 생각했다.

서둘러 퇴근을 하고 간단하게 저녁을 챙겨 먹은 후 매일같이 학원으로 향했다. 코로나로 시절이 어수선하니 되도록 사람들과 먼

거리, 구석진 자리에 매트를 깔고 기본 준비운동부터 요가의 기초 동작을 배워나갔다. 처음에는 그동안 쓰지 않던 근육들을 깨우느라 버거웠지만, 하루하루 시간을 채우다보니 어느새 점점 동작들에 익숙해지고 몸도 한결 부드러워졌으며 잘하고 있다는 강사님 말 한마디에 힘을 얻곤 했다.

하루 한 시간을 가득 채우는 요가 시간 중에서도 가장 마음을 흔드는 건 요가 동작을 하기 전에 마음을 가다듬는 '명상'의 시간이었다.

엄지 검지 세 손가락을 무릎에 올려놓고 어깨는 귀에서 멀어지도록 낮추는 자세로 명상의 준비는 시작된다. '머릿속에 내 스위치를 끈다'라는 생각으로 눈을 부드럽게 감는 자세를 취하고 나면 강사의 낮은 목소리가 들려온다. 외부로부터 온종일 복잡하게 얽혀 있고 스트레스받았던 내 머릿속을 가볍게 비워내면서 마음의 눈으로 내 모습을 바라보고, 그려보고, 주의 깊게 관찰해보라고…. 내 머리는 편하게 잘 놓여 있는지, 이마는 부드럽게 펼쳐져 있는지, 눈과 눈 사이 미간에는 주름이 생기지 않도록 펼쳐놓으라 이른다.

나도 모르게 등을 바르게 일 자로 세우고 양 가부좌 튼 무릎 위로 손을 올리면 마음이 편해진다. 감은 눈 속으로 아침부터 지금까지 있었던 온갖 시간이 강물처럼 흘러간다. 유치원에서 두 명의 녀석이 싸우는 바람에 작은 사고가 났었고, 그 일을 해결하느라 이리 뛰고 저리 뛰느라 하루가 백 년 같았다.

오늘도 숨을 쉬고 내쉬면서 자신의 모습을 주의 깊게 바라보고 관찰할 수 있는 마음의 공간이 생긴 것에 감사함을 느껴보라고 한다. 그리고 건강하게 호흡할 수 있음에 감사함을, 나를 둘러싸고 있는 모든 사물에 감사함을 느껴볼 것을 권한다. 감사한 마음은 감사한 마음을 가질수록 더욱 감사한 일이 생겨난다는 대목에서 나는 언젠가부터 하루를 감사하게 돌아보기 시작했다.

이마에 상처가 난 아이의 집으로 전화를 걸어 상황을 알렸다. 아이의 엄마는 멀리 필리핀에서 시집을 와 아직 한국어가 서툴러 소통이 되지 않았다. 할 수 없이 아이 아빠에게 연락했더니 많이 안 다쳤으면 괜찮다며 업무가 바쁜지 전화를 끊어버린다. 수화기를 내려놓는 순간 백 년 같던 하루가 그나마 열흘로 줄어들었다.

명상은 이제 막바지로 내닫아 내쉬는 호흡에 쌓아두었던 근심거리나 스트레스들은 몸 안에 쌓아두지 않고 그저 흘려서 보낼 수 있는 존재임을 발견해보고 몸속 깊이 긍정적인 에너지만 가득 채우라는 말이 가슴에 와닿기 시작했다. 하루가 그저 딱 하루만큼의 시간이려면 낮에 있었던 일들은 오늘로 마무리지어야 한다. 그리고 내일부터는 오늘 같은 일이 일어나지 않게 각오하면 된다.

매일 저녁 하루 한 시간, 특히 명상으로 시작하는 십 분은 고단한 하루를 보내고 돌아와 이 자리에 앉아 눈을 감고 오롯이 내게 집중하는 시간이다. 온종일 아이들 앞에서 떠들어야 하는 일을 직업으로 삼고 있는 나에게 낮에 있었던 온갖 일들을 가지치기하듯 가다듬는 정리의 시간이며, 그저 그런 평범한 일상도 감사함으로 바꿔버리는 마법의 시간이다.

하루 한 시간 그리고 십 분, 나에게 집중하는 시간. 운동도 열심히 하고 건강해지고, 책도 많이 읽고, 글도 열심히 쓸 것이다. 잘 쓰고 싶지만 욕심내지 않고 하나씩 매일매일 습관에 근력을 붙이기로 했다. 이제 나는 십대 못지않은 유연성을 습득하고 더불어 마음의 다이어트에도 눈을 떠 하루 한 뼘씩 건강하게 앞으로 나아갈 일만 남겨두었다.

귤 한 봉지

올해도 어김없이 유치원 현관 앞에 크리스마스 트리를 세웠다. 초록 나무에 알록달록 갖가지 장식품을 매달고 반짝반짝 빛나는 전구 빛을 둘러 완성했다. 아이들은 아침에 들어오며 예쁘다고 만져보고 저녁에 돌아가며 산타할아버지는 언제 오냐 수시로 묻곤 한다.

하루 한번 오후에 찾아오는 아이들의 간식 시간, 오늘은 귤과 유기농 쿠키가 준비되었다. 천진난만한 얼굴로 웃으며 참새처럼 재잘재잘 떠들다가도 이 시간만큼은 제자리에 앉아 조용히 간식을 먹고 있는 아이들. 올망졸망 앙증맞은 작은 손으로 귤껍질을 까서 입안으로 넣는 표정이 각양각색이다. 신맛에 눈살을 찌푸리는가 하면 한입에 가득 넣고 다람쥐처럼 빵빵한 두 볼을 오물거리는 귀여운 녀석들도 보인다. 창문을 비집고 들어오는 겨울 햇살이 아이들의 머리 위로 가득한 가운데 상큼한 귤 향기가 교실을 금세 가득 채운다.

몇 주 전 인터넷 기사에 올라온 글 한 편이 깊은 인상으로 남았다. 내용인즉슨 엄마 생일선물을 사기 위해 귤을 파는 초등학생 형제 이야기였다. 글쓴이는 집으로 가는 횡단보도 갓길에서 어디선가 "귤 사세요"라고 외치는 소리가 들려 돌아보니 어린 초등학생 형제가 귤을 팔고 있더란다. 그 모습이 귀여워 학교 과제냐고 물어보니 엄마 생신선물 사드릴 거라 답했다며 "형제가 너무 귀엽다. 한동안 이 기억으로 살아갈 것 같다"라는 기사였다. 나 역시 이 아이들의 사랑스러운 행동에 박수를 보냈다. 귤을 사간 이들은 정작 귤 몇 개보다는 순수한 형제의 따뜻한 마음을 샀을 것이다. 사랑하는 엄마에게 줄 생일선물을 준비하기 위해 그런 생각을 했다는 것이 얼마나 기특한가. 만일 그때 그 자리에 내가 있었더라면 나 역시 그 아이들 앞으로 성큼 다가가 귤을 샀을 것이다.

기사를 읽던 날 나는 문득 유년의 한 시절을 떠올렸다. 나는 아주 어렸고 아버지는 한창 젊었던 어느 한때였다. 그 시절 아버지는 봄부터 가을까지 농사를 짓고 조금 한가해지는 겨울이 오면 또 일거리를 찾아 읍내 공사장으로 나가 일을 하셨다. 특별한 기술이 없었던 탓에 인부들의 심부름을 하며 허드렛일을 하고 당일치기로 일당을 받았는데 그때마다 점방에 들러 귤 한 봉지를 사들고 오셨다. 그 덕에 유난히 북풍한설이 잦은 외진 산골 마을에 겨울에만 먹을 수 있는 귀한 과일을 나는 참 많이 먹고 자랐다.

이른 새벽 가장 먼저 일어나 대문을 나서고 깜깜한 밤이 되어서야 들어오시는 아버지는 늘 고단한 모습이었다. 나는 엄마를 따라 종종 마을 어귀까지 마중을 나가곤 했는데 색이 바랜 낡은 잠바 어깨 위에는 흙먼지가 잔뜩 묻어 있었고 손등은 거칠고 투박했다. 온종일 얇은 목장갑에 의지한 채 고된 노동을 한 증거가 고스란히 보였다. 그래도 늘 한 손에는 귤 한 봉지가 들려 있었고 말없이 귤이 든 검은 봉지를 내게 건네면 나는 좋아라 아버지보다 앞서 집으로 뛰어들어왔다. 그리고 따뜻한 온돌방 아랫목에 앉아 아버지는 늦은 저녁을 드시고 나는 옆에서 귤을 까먹었다. 간혹 귤 하나를 까서 아버지를 드리면 당신께서는 "시어서 싫다. 너나 많이 먹어라" 하셨던 한마디가 요즈음이면 문득문득 생각난다. 방 안 가득 귤 향기가 퍼지는 크기만큼 아버지의 사랑도 비례한다는 걸 한참 시간이 흐른 뒤에야 알았다.

어느 노교수는 부모는 세상을 보고 사는 것이 아니라 자식을 보고 사는 것이며 가족과 살아가기 위해서라는 본래적 삶의 정신이 바탕이 되어 세상으로 향하는 힘을 얻는다고 했다. 잠시 쉬어도 좋을 농부의 농한기를 거저 흘려보내지 않고 자식을 위해 평생 일을 하신 나의 아버지. 그 덕에 자식들은 넓은 세상으로 나아가 오늘을 살고 있다.

체온을 담다

주말 오후 마트에 들러 장을 보고 돌아오니 현관문 앞에 택배상자가 놓여 있었다. 택배를 시킨 적이 없고 남편 또한 모르는 택배라고 해서 자세히 살펴보니 우리 집 물건이 아니었다. 택배기사의 착오로 옆 동으로 가야 할 택배가 잘못 배달된 것이었다.

어찌해야 할까? 잠깐 고민을 하다가 그냥 두기로 했다. 택배 주인이 알아서 해결하겠지. 우리는 이 물건의 주인이 아니니 그대로 그 자리에 놓아두면 되겠지 싶어 손도 대지 않고 현관문을 닫고 들어왔다. 문을 닫고 들어온 이후 더는 집 밖으로 나갈 일이 생기지 않아 그대로 택배는 까마득히 잊어버렸다.

저녁 시간 아는 지인으로부터 전화가 왔다. 멀리 포항에서 과메기를 특별 주문해 상을 차렸으니 와서 함께 먹자는 내용이었다. 옳거니! 저녁에 뭘 먹나 고민하던 순간 반가운 전화 한 통에 얼른 집을 나섰다. 그런데 오후에 보았던 택배상자가 그대로 그 자리에 놓여 있는 게 아닌가.

어떻게 해야 하나 또 망설여졌다. 누군가의 귀한 택배상자가 길을 잃고 주인도 만나지 못한 채 이렇게 남의 현관 앞에서 오랜 시간 머물고 있다는 사실이 여간 신경쓰이지 않았다. 분명히 택배기사는 택배 주인에게 '배송 완료'라는 문자를 보냈을 테고 택배 주인은 도착하지 않는 물건을 기다리느라 목이 기린만큼은 늘어나 있을 것이었다. 예전에 내가 이런 경우를 겪은 적이 있기에 누구보다 그 마음을 잘 알았다.

할 수 없이 택배상자에 적힌 주소를 살펴 연락처를 알아냈다. 그러나 몇 번을 걸어도 연락이 닿지 않았다. 모르는 번호이니 스팸으로 오인해 받지 않는 듯했다. 점점 가슴 저 밑바닥으로부터 화가 치밀어오르기 시작했다. 잘못 배송한 택배기사에게도 화가 났고, 연락이 닿지 않는 택배 주인에게도 짜증이 났다. 생각지도 않은 일에 귀한 나의 시간이 소비되고 있는 것도 스트레스였다. 결국, 문자 한 줄 남기고 택배는 그냥 둔 채 지인의 집으로 가버렸다.

잘못 배송된 택배 때문에 저녁 초대 시간에 삼십여 분이나 늦어졌다. 이래저래 마음을 써서 그런지 입맛도 달아나고 저녁을 먹는 둥 마는 둥 하며 젓가락을 깨작거리고 있는데 아까 그 택배 주인으로부터 문자 한 통이 날아왔다. 택배는 무사히 잘 받았고 택배 오배송으로 연락을 해준 이웃님의 따뜻한 마음씨에 감사하다는 장문의 메시지였다.

순간 좀 전에 있었던 부화가 슬며시 어디론가 자취를 감췄다. 갑자기 식욕이 돋기 시작했고 소소한 수다의 시간도 어떻게 가는 줄 몰랐으며 집으로 돌아오는 밤하늘도 반짝반짝 더없이 예뻤다. 생각지도 않은 일에 이리저리 바쁘게 내 시간을 소비하며 받은 스트레스가 '감사하다'는 짧은 한마디에 눈 녹듯 사그라든 이유는 무엇일까. 그것은 아마도 소중한 물건을 꼭 주인에게 돌려주고픈 나의 마음을 상대방이 알아주고 따뜻한 문자 한 통을 보내준 진심 때문은 아닐까.

임인년壬寅年 새해가 시작되었다. 누군가는 몸과 마음의 건강을 위해 노력하는 새해를 계획하고, 또 어떤 이는 자기 발전을 위한 노력을 새해 소망으로 세우기도 할 것이다. 그리고 나는 올해 새삼 따뜻한 말 한마디를 많이 하는 해를 결심해본다. 한마디 말속에 체온을 실어 상대를 대하는 것. 저마다 체온이 담긴 따뜻한 말 한마디로 누군가를 대한다면 코로나로 더없이 냉랭하고 무거운 이 한해도 가뿐히 뛰어넘지 않을까.

시간의 문 앞에서

봄이었다. 따뜻한 볕에 새싹이 돋고 학교는 일제히 문을 열었다. 대학생이 된 아들도 학업을 위해 집을 떠났다. 남편과 나는 학교 근처에 원룸을 얻어주고 몇 차례 서울을 오가며 세세하게 신경을 써 주었다. 그러고 나니 이젠 슬슬 걱정이 몰려왔다. 불면 날아갈까 한 번도 손에서 놓아본 적 없이 온실 속 화초처럼 애지중지 키워낸 귀한 자식이었기 때문이었다.

언젠가는 저 크고 험한 세상으로 내보내야 한다는 것을 머리는 알고 있는데 가슴으로는 쉽사리 받아들여지지 않았다. 하루에도 몇 번씩 전화를 걸고 안부를 물었다. 다행히 아이는 독립된 삶에 만족한 듯 자신은 이제 '서울사람'이라며 너스레를 떨곤 했다. 자식에게 집중된 마음을 어느 정도 내려놓고 나니 어느새 여름이었다.

백 년 만의 무더위라며 방송에서는 연일 날씨에 대해 보도를 했다. 하루하루가 온도 갱신의 나날이었다. 결국은 우리 집에도 에어컨을 들여놨다. 최소한의 물건으로, 될 수 있으면 들이기보다는 비우며 살자던 나의 생활 철칙이 올 여름 사상 최악의 무더위에 어쩔 수 없이 지고 만 것이다.

무너진 신념을 다시 회복하기 위해 나는 채운 만큼 비워보기로 했다. 가장 먼저 거실 소파를 없앴다. 휴일이면 온종일 한몸을 이루며 붙어 지내다시피 하는 게으름의 대명사였기 때문이다. 읽고 난 오래된 책들을 인터넷 중고서점에 되팔고, 한창 시절의 허리 잘록한 옷들도 의류수거함에 넣었다. 치우고 난 후에도 사는 데 별 지장이 없는 걸 보면 그만큼 나의 소유욕으로 채워진 물건들일 게다. 마지막으로 휴대폰에 저장된 전화번호도 정리했다. 갖은 만남에 연연하기보다는 최소한의 연락처로 깊은 인연을 유지하며 나만의 속도로 가벼이 사는 것도 꽤 괜찮겠다 싶었다.

심리학에 '소유효과'라는 말이 있다. 내 소유가 된 이상 절대 다시 내놓지 않는 심리적 편향을 뜻한다. 오래되고 낡아 잘 쓰지 않는 물건이라도 여전히 버리지 못하고 꼭 쥐고 놓지 않는 것이다. 소유에 대한 욕심과 애착을 버리는 것도 행복하게 사는 한 가지 방법이라고 어느 학자는 말한다. 아직도 집안 곳곳에 자리만 차지하고 있는 물건들이 눈에 많이 띈다. 아끼는 물건 몇 개만으로 행복지수를 올리고 나를 위해 울어줄 단 한 사람만으로도 행복한 삶일 수 있는 날들을 꿈꾸어본다. 그나저나 한여름 잠깐의 더위를 위해 사계절 내내 거실의 한 공간을 차지하고 있을 에어컨을 보고 있자니 덥긴 매한가지다.

다시 운전을 시작했다. 근 이십여 년 만이었다. 다니던 직장에서 큰 사고가 난 후 지금껏 운전대를 잡지 않았다. 아이들과 함께 타고 있던 버스가 마주 오던 승용차와 부딪친 교통사고였다. 아이들의 비명과 사고 운전자의 처참한 모습을 본 이후 나는 운전이 무서워졌다. 그날 버스 안에서의 아이들 아우성이 이명처럼 오래도록 귓가를 떠나지 않았다.

잠자고 있던 장롱면허가 문밖으로 나온 건 엄마 때문이었다. 엄마를 애인처럼 옆에 태우고 여기저기 나들이를 다니고 싶었다. 달포씩은 병원에서 지내시는 아버지로 인해 뜻하지 않게 독거노인이 되어버린 엄마에게 자잘한 세상 풍경을 보여주고 싶었다. 팔십고개를 넘은 노인에게 외로움은 큰 병이라고 했던가. 진종일 아무 소리도 들리지 않는 넓은 집을 홀로 지키고 계신 엄마에 대한 측은지심이 나를 용감하게 만들었다.

엄마가 나로 인해 많이 우셨을 거라는 생각은 내가 엄마가 된 이후에야 깨달았다. 나의 유년이 온통 병원을 오가는 일로 가득했기 때문이다. 내 아이가 기침만 해도 노심초사 가슴 쓸던 때를 생각해보면, 눈물로 자식을 키운 당신의 가슴은 이미 다 타버려 흔적조차 남아 있지 않을 성싶다. 이제라도 엄마에게 평생 언덕이 되어야 할 가장 큰 이유다.

우리 모녀는 가을 내내 주말마다 길 위에 있었다. 강원도 정선으로 기억을 더듬어 당신께서 나고 자란 고향을 찾아갔고, 가는 길목에 붉은 단풍의 절정을 보며 감탄사를 연발했다. 시장을 함께 보러 다니고 옷가게에 들러 서로가 좋아하는 취향의 옷을 고르며 젊은이들이 많이 간다는 맛집에 앉아 우아하게 주문도 해보았다. 나는 엄마가 밝은 분홍색 꽃무늬 옷을 좋아하고 피자도 드실 줄 알며 가끔은 당신께서 나고 자란 고향을 그리워한다는 것도 이제야 비로소 알았다.

며칠 전에는 겨울맞이의 마침표라는 김장을 했다. 지난해보다 좀 더 넉넉히 했다. 서울에서 홀로서기에 고군분투 중일 아이에게도 보내고, 홀로 식탁에 앉는 날이 많을 엄마에게도 이 맛을 전하고 싶었다. 잘 익은 김치 한 포기로 맛있게 밥 한 그릇을 뚝딱 동내길 바라며 꾹꾹 눌러 통을 채웠다.

올해도 얼마 남지 않았음을 책상 위 달력이 알려준다. 신영복 선생의 말씀처럼 산다는 것은 수많은 처음을 만들어가는 끊임없는 시작일 것이다. 엄마의 품을 떠나 처음으로 홀로 선 아들의 눈빛이 시간이 깊어가는 만큼 점점 안정되고 익어가는 것 같아 보기가 좋다. 노년에는 마음대로 다닐 수 없는 것이 가장 큰 슬픔이라는데, 긴 시간의 두려움을 떨쳐내고 다시 엄마를 위해 운전을 시작한 건 참 잘한 일이다. 새해에도 변함없이 엄마의 옆을 지켜 그렇게 함께한 날들이 엄마에게는 또 하루를 견디게 하는 힘이 되고 나는 그 추억을 소유해 두고두고 오래 간직하리라. 감사함이 참 많은 한해였다.

체험과 사유로 지은 따뜻한 집

반숙자/ 수필가

덕수궁 연못 위에 황금 연꽃을 피우고 서울 곳곳에 마법을 걸었다는 프랑스 중견 미술가 장 미셸 오토니엘은 “우리는 아름다움과 경이를 느끼며 계속 살아갈 힘을 얻는다”라고 했다. 꽃에 매료된 오늘날의 미술가에게 영감을 준 것이 어릴 때 시골 할머니댁 정원에서 만난 꽃들과 계절의 변화였다고 한다. 그때의 감동이 황홀한 추억으로 남아서 평생을 꽃을 탐구하는 동력을 주고 있다는 기사를 보면서 수필에 나타나는 유년의 기억을 형상화한 신미선의 글을 살펴본다.

수필은 개성적이며 고백적인 문학이다. 작가가 손수 체험한 바를 들려주는 장르여서 그 어떤 이야기보다 진실하고 순도가 높다. 삶의 진실과 본질을 미적으로 관조하여 인식과 깨달음의 언어로 세상에 던지는 의문부호다. 작가의 삶 속에서 유로된 글감이라 시대의 반영이고 역사성을 지닌다.

신미선 작가는 제42회 월간문학 신인상으로 등단한 믿음이 가는 작가다. 묵묵히 습작하더니 올찬 수필 60편을 모아 첫 작품집을 상재한다. 그동안 지켜보며 함께 공부한 작가에게 기쁜 마음으로 축하를 보낸다. 신미선 작가와는 음성읍 주민자치센터 〈마음을 여는 수필교실〉에서 처음 만났다. 있는 듯 없는 듯 조용한 모습으로 출석하고 당번 글을 빼놓지 않고 써왔다. 글이 반듯했다. 문장이 안정되었고 깊이가 남달랐다. 몇 년 동안 공부를 하고 월간문학 신인상에 응모해보라고 권했다. 그때 당선된 글이 「눈물의 무게」다. 심사평이 수미상관 형식과 체험에서 우러나온 깊이 있는 문장이 돋보인다 했다. 작가는 유치원 교사와 음성문인협회 사무국장으로 활동하고 있으며 지방 일간지 두 곳에 칼럼을 연재하며 조용하지만 뜨겁게 활동 중이다.

수필은 가치 있는 체험을 정제된 언어로 독자에게 직접 전달하는 열린 형식의 문학이라 정의했다. 여기에서 체험이 전제되는 것은 바로 소재와 연관되기 때문이다. 삶과 수필이 불가분의 관계로 삶 속에 수필이 있다는 얘기다. 그 많은 소재들 속에서 작가의 뜨거운 체온이 가닿으면 소재는 제재로 생명력을 얻는다. 그 제재가 작가의 손길을 통해 생생해지면 주제가 된다. 작가가 어떤 소재에 관심을 보내느냐 문제는 인생관과 사상과도 관계가 깊지만, 그 범위는 생활의 폭을 말하기도 한다. 수필이든, 시든, 소설이든, 소재가 풍부하다는 것은 생활이 풍부하다는 것을 의미하며, 그것은 나아가서 폭넓은 작품을 쓸 수 있는 기저가 마련돼 있다는 것을 이야기하기도 한다. 여기서 소재가 수필이 되려면 필히 겪어야 하는 어떤 충격의 계기가 있어야 한다. 현재에 어떤 충격에 의해 유년이 소환되고 거기서 주제의 의미화가 이루어질 때 수필이 탄생한다.

신미선 작가의 수필집 『눈물이 무게』를 읽고 두 갈래의 수필 세계를 만났다. 체험을 불러 서사가 되고 사유를 통해 문학적 성과를 거두었다. 그 첫 번째가 유년의 기억으로부터 시작되는 여러 편의 수필이고, 두 번째가 유치원 교사로 근무하며 동심과 어울려 얻는 맑은 체험이다. 글이 섬세하고 온기가 있다. 첫 느낌은 한 사람의 생애에서 유년의 체험이 일생을 통해 어떻게 작용하고 어떤 정서의 대지를 마련해주는지를 보여주었다. 이것은 묵직한 과제를 세상을 향해 던진다. 유년기 없는 어른이 있을까만은 그 기억들을 간직하지 못하고 사는 사람들이 얼마나 많은가. 특히 요즘 어린이들이 대자연 속에 뛰어놀고 조부모와 함께 한 기억들을 가질 수 있을까. 날마다 학교 공부가 끝나기 무섭게 학원에서 학원으로 유배되다시피 하는 현실에 아쉬움이 큰 것이 나만의 생각일까 싶다. 이 어린이들이 어른이 되어 글을 쓴다면 과연 무엇을 건져올릴까. 그러한 우려 속에 신미선 작가에게서 해답을 찾는다.

신 작가의 글에는 유년의 채색이 선연하다. 많은 작품 속에 재생되는 엄마와의 기억, 아버지, 그리고 철 따라 꽃마당을 가꾸던 할머니와 할아버지의 기억, 그것은 어린 작가의 심상에 선명하게 채색되어 글의 세계를 풍부하게 하고 고향을 잃어버린 독자에게 잠시나마 푸근한 향수를 느끼게 해준다. 하여 그의 글은 진솔하고 향기롭다. 분 화장하지 않는 여인의 청순함이 글에 배어 있다. 거창하지 않지만, 조곤조곤 삶의 지혜를 풀씨처럼 퍼트린다. 꽃으로 치면 산야에 저절로 피고 지는 풀꽃이랄까.

「눈물의 무게」를 살펴보면 중환자 대기실 장면의 도입부 묘사가 긴장감을 준다. 어린 시절 '시신경 위축성 시력저하'로 아버지의 극진한 사랑을 받았던 작가가 어른이 되어 폐렴으로 입원한 아버지를 간호하며 그 사랑을 되새기는 과정이 눈물겹다. 성장의 과정에서의 상처를 씻고 아버지의 진정한 사랑을 따듯하게 풀어낸 글로 감동을 준다. 또한 형식 면에서 수미상관의 기법도 돋보이는 글이다.

> 결혼하던 날은 아주 맑은 가을이었다. 아버지는 말끔한 양복에 윤이 나는 검은 구두를 신고 내 손을 잡아주셨다. 따뜻함으로 전해오는 당신의 체온 사이로 켜켜이 쌓였던 온갖 시간이 필름처럼 돌아갔다. 병원을 내 집 드나들듯 길 위에서 고단했을 당신의 삶에 미안했고 보석처럼 빛나는 시절을 주셔서 고마울 뿐이었다. 당신의 눈빛이 흔들렸다. 나의 눈가도 뜨거워졌다. 아버지와 나는 우는 듯 웃는 듯 두 손을 꼭 잡고 한 걸음씩 앞으로 나아갔다.
>
> —「눈물의 무게」 중에서

이 장면에서 독자들은 가슴으로 전해오는 삶의 체온을 느낄 것이다. 북받치는 감정의 여울을 넘어 절제된 감동을 맛볼 것이다. 이것이 수필이 갖는 여운이다.

다음은 수필에서 정제된 언어의 중요성을 작가의 글에서 발견한다. 아무리 좋은 소재가 있다 하더라도 문장력이 없으면 독자에게 전달력이 떨어진다. 그래서 글을 쓸 때 첫째도 문장이요, 둘째도 문장이라 했다. 그러면 어떤 문장이 수필문장으로 적합한가. 간결해야 한다. 간결할수록 문장은 탄력을 지니게 되고 함축은 여운을 동반하게 되기 때문이다. 더불어 소박해야 한다. 바로 진솔해야 한다는 주문이다. 아름답게 하기 위해 일부러 꾸미지 않는 것이다. 김태길 선생은 '한글을 아는 사람이면 누구나 보기 쉽고 알기 쉽고 읽기 쉽게 쓰라'고 하였다. 여기에서 작가는 어느 글에서나 문법에 맞는 문장으로 소박하고 진솔하게 표현했다. 거기에서 문장의 무게가 실린다. 이러한 문장을 구사하는 데는 적잖은 내공이 있기에 가능하다. 작가는 오랜 세월 독서에 매달렸다. 그냥 독서가 아니라 작가노트에 필사를 하며 갈고 닦았기에 빛을 내는 것이다. 작가는 독서를 하나의 벗으로 여겨 다음과 같은 글을 마무리한다.

결실의 기쁨과 찬기의 쓸쓸함이 공존하는 계절, 가을이 지나고 있다. 이제 나는 여름내 열어놨던 밖으로의 창을 닫고 찬찬히 안을 들여다본다. 그리고 그 안에 새로운 벗 하나를 들여 가까이 두고, 시간이 날 때마다 그를 알아가려 한다. 그와 함께한 날들만큼 시간이 발효되면 나의 내면은 한층 더 깊어지고 충만함으로 가득할 것이라고 이 가을이 귀띔해주는 것 같다.

—「가을이 보내는 벗」 중에서

수필 속에는 소설적 형식, 시적 형식, 희곡적 형식을 도입해서 글을 쓸 수 있기에 수필세계는 넓고도 깊다. 이것은 수필이 갖는 다양성의 한 부분이며 글의 효과를 높이는 작용을 한다. 다음 문장을 보자.

> 오늘 집으로 돌아가면 우선 가장 먼저, 끈이란 끈은 모두 치우세요. 세탁소 옷걸이 같은 것도 전부 숨기고…. 의사가 내게 건넨 첫 말이었다. 나의 어깨가 흔들렸고 시야가 흐려졌다. 의사는 한 점 흐트러짐도 없이 냉정하게 한마디 한마디를 이어가며 본인의 사명을 다하고 있었다.
>
> "지금 남편분은 직장업무 스트레스가 최고점에 달해 있습니다."
>
> —「끈」 중에서

이 글에서 독자는 의사의 말에 당혹과 의문과 긴장감에 몰입한다. 왜?라는 반문과 함께 다음에 전개될 서사를 성급히 두드린다. 작가의 남편은 학부에서 건축을 전공한 엘리트였다. 개미처럼 일하며 가정 대소사는 돌보지 않고 밖에서 큼직큼직한 건물을 설계하고 자신의 이름을 올리며 성장해갔다. 그러는 사이 말수가 없어지고 불면으로 괴로운 날이 쌓여갔다. 급기야는 오늘에 이른 것이다. 이 글은 작가의 남편만의 문제가 아니라 우리 시대를 살아내고 있는 많은 남편들의 문제로 확대 가능하다. 일면 사회적인 관심이 필요한 사안이기도 하다. 여기서 수필과 사회수필이 갈라지는 분기점이 있다. 성과 위주로 흘러가는 조직사회에서 매몰되는 개인의 한계,

작가는 한 개인의 문제로 받아들이고 타개책을 가정 안에서 찾는다. 주말 아침 따뜻한 밥상을 차려놓고 지나온 삶의 켜를 나누며 서로에게 이해와 위안이 되는 시간을 갖는다. 그리고 작가는 한 달 후 남편의 약봉지를 휴지통에 버리고 의사의 지시를 거스르기로 한다.

> 집안 여기저기 놓아두어도 두렵지 않을 만큼 그와 나 사이에는 치열하게 싸우고 화해하며 이어온 또 다른 끈을 믿기 때문이었다. 그것은 바로 체념하듯 원망하면서도 함께여야 비로소 빛나는 오랜 인연의 끈이었다.
>
> —「끈」 중에서

작가는 큰소리치지 않고 상황을 담담하게 피력하고 결론은 독자에게 넌지시 넘긴다. 바로 제재의 의미화가 완성되는 것이다. 여기서 작가는 소설적 기법을 차용해 몰입도를 높였다.

이 밖에도 자식들이 마련한 어머니의 산수연(傘壽宴)에서 아버지가 평생 처음 아내에게 구구절절 편지를 써서 읽어 바쳤으나 수신인인 엄마만은 치매 환자로 아무런 표정 없다는「편지 한 장」, 시어머님의 우환으로 시아버님 수발을 들 수 없어 막내인 작가의 집에서 두 달을 살고 스스로 요양원을 찾아가신 시아버지와 보낸「딱 두 달」은 현재 우리 사회가 안고 있는 그림자의 실체를 잘 보여주는 글이다. 맞벌이하는 자식 집에 평생 처음으로 두 달을 묵으며 심적인 고충과 또한 직장에 근무하며 점심까지 챙겨야 하는 며느리의 고충은 이 작가만의 것이 아니다. 부모의 입장과 자식의 입장이 이중주를 이루며 그래도 정이 흐르는 모습이 감동이다. 작가는 자신이 겪고 있는 사건에서 우리라는 공동존재의 문제로 확대해서 보여주어 의미가 있는 글이다.

끝으로 유치원에서 유아들과 어울려 사는 이야기다. 코로나로 나라 전체가 경직되어 있던 시기를 소재로 쓴 글이다. 코로나 검사하는 어린이가 의자에 앉아 몸부림치고 있는 현장을 교사의 눈으로 안타깝게 바라보는 서두부터 작가 자신의 네 번에 걸친 검사의 고역, 감염자가 나온 직장의 긴장감을 잘 풀어쓴 글이다. 무엇보다 당면한 현실에 대한 인식을, 본의 아니게 확진자가 된 사람들에 대한 비난 등을 예리하게 언급했다.

> 연일 확진자 수가 하늘 높은 줄 모르고 있다. 주위에 심심치 않게 나타나는 확진자들, 그들을 대함에 전후 사정을 무시한 채 무분별하게 비난하고 분노하지 않았으면 좋겠다. 차분하게 받아들이고 담담하게 행동하는 어른들이 되었으면 좋겠다. 무엇보다 가장 바라는 건 이제 더는 아이들이 코로나로 검사를 받느라 눈물짓지 않았으면 좋겠다. 긴 겨울이 물러나고 따뜻한 봄이 오면 우리 아이들이 서로 함께 어울려 마음껏 뛰놀았으면 정말 좋겠다.
>
> —「눈물짓지 않는」 중에서

서두에서 소재가 풍부하다는 것은 생활이 풍부한 것이라 언급했다. 작가들이 몇 년에 한번씩 책을 내는 이유는 자신이 써온 글에 대한 정리이며 앞으로 나아갈 방향에 대한 검토라고 할 수 있다. 신미선 작가의 첫 수필집『눈물이 무게』를 살펴보며 이제 작가는 유년이라는 고치를 벗어나서 자유로운 비상을 할 때 임을 자각했으면 한다. 집과 학교의 수직적 이동의 생활에서 다양한 체험을 하기란 쉽지 않겠지만 인생을 좀 더 풍요롭게 가꾸어가다보면 글도 자연히 풍성해질 것이라 믿는다. 지금까지의 행보가 믿음직했기에 더 큰 기대를 걸어본다.

눈물의 무게

지은이_ 신미선
펴낸이_ 조현석
펴낸곳_ 북인
디자인_ 푸른영토

1판 1쇄_ 2022년 09월 08일

출판등록번호_ 313 - 2004 - 000111
주소_ 121 - 842 서울 마포구 서교동 460-34, 501호
전화_ 02 - 323 - 7767
팩스_ 02 - 323 - 7845

ISBN 979-11-6512-057-3 03810

이 책은 충청북도 CHUNGCHEONGBUK-DO, 충북문화재단 Chungbuk Cultural Foundation의 후원으로
문화예술육성지원사업의 일환으로 지원받아 발간되었습니다.

책값은 뒤표지에 있습니다.
저자와 협의 아래 인지를 생략합니다.